KB247760

이상을 쓰다

이상을 쓰다

이상을 쓰다

한국 문학 필사 01

「날개」

「지팡이 역사」

「봉별기」

「종생기」

「실화」

이상

단편선

블랙에디션

_____________ 님께
선물합니다.

일러두기

1. 이 책은 한국 근대 문학 작품을 필사할 수 있도록 구성한 '한국 문학 필사' 시리즈의 한 권입니다.

2. 수록된 글은 원문을 최대한 존중하되 일부 현대 문법과 일치하지 않는 표기 방식과 어휘는 현행 표준에 맞게 조정했습니다. 작품의 의미와 문체적 특징이 훼손되지 않도록 수정은 최소한의 범위에서 이루어졌습니다.

3. 본 시리즈는 독자가 문장을 직접 따라 쓰는 과정을 통해 한국 문학을 보다 넓고 깊게 만날 수 있도록 돕는 것을 목적으로 합니다.

목차

날개

‘박제(剝製)가 되어버린 천재’를 아시오? 나는 유쾌하오. 이런 때 연애까지가 유쾌하오.

육신이 흐느적흐느적하도록 피로했을 때만 정신이 은화처럼 맑소. 니코틴이 내 횟배 앓는 뱃속으로 스미면 머릿속에 으레 백지가 준비되는 법이오. 그 위에다 나는 위트와 파라독스를 바둑 포석처럼 늘어놓소. 가공할 상식의 병이오.

나는 또 여인과 생활을 설계하오. 연애 기법에마저 서먹서먹해진 지성의 극치를 흘깃 좀 들여다본 일이 있는, 말하자면 일종의 정신분일자 말이오. 이런 여인의 반—그것은 온갖 것의 반이오—만을 영수(領受)하는 생활을 설계한다는 말이오. 그런 생활 속에 한 발만 들여놓고 흡사 두 개의 태양처럼 마주 쳐다보면서 낄낄거리는 것이오. 나는 아마 어지간히 인생의 제행(諸行)이 싱거워서 견딜 수가 없게끔 되고 그만둔 모양이오. 굿바이.

굿바이. 그대는 이따금 그대가 제일 싫어하는 음식을 탐식하는 아이로니를 실천해보는 것도 좋을 것 같소. 위트와 파라독스와……

그대 자신을 위조하는 것도 할 만한 일이오. 그대의 작품은 한 번도 본 일이 없는 기성품에 의하여 차라리 경편(輕便)하고 고매하리다.

십구 세기는 될 수 있거든 봉쇄하여 버리오. 도스토예프스키 정신이란 자칫하면 낭비일 것 같소. 위고를 불란서의 빵 한 조각이라고는 누가 그랬는지 지언(至言)인 듯싶소. 그러나 인생 혹은 그 모형에 있어서 '디테일' 때문에 속는다거나 해서야 되겠소? 화를 보지 마오. 부디 그대께 고하는 것이니…….
 "테이프가 끊어지면 피가 나오. 생채기도 머지 않아 완치될 줄 믿소. 굿바이."

감정은 어떤 '포우즈'(그 '포우즈'의 원소만을 지적하는 것이 아닌지 나도 모르겠소). 그 포우즈가 부동자세에까지 고도화할 때 감정은 딱 공급을 정지합네다.

나는 내 비범한 발육을 회고하여 세상을 보는 안목을 규정하였소.
 여왕봉과 미망인— 세상의 하고 많은 여인이 본질적으로 이

미 미망인이 아닌 이가 있으리까? 아니, 여인의 전부가 그 일상에 있어서 개개 '미망인'이라는 내 논리가 뜻밖에도 여성에 대한 모험이 되오? 굿바이.

그 삼십삼 번지라는 것이 구조가 흡사 유곽이라는 느낌이 없지 않다.

한 번지에 십팔 가구가 죽 어깨를 맞대고 늘어서서 창호가 똑같고 아궁이 모양이 똑같다. 게다가 각 가구에 사는 사람들이 송이송이 꽃과 같이 젊다. 해가 들지 않는다. 해가 드는 것을 그들이 모른 체하는 까닭이다. 턱살 밑에다 철줄을 매고 얼룩진 이부자리를 널어 말린다는 핑계로 미닫이에 해가 드는 것을 막아버린다. 침침한 방 안에서 낮잠들을 잔다. 그들은 밤에는 잠을 자지 않나? 알 수 없다. 나는 밤이나 낮이나 잠만 자느라고 그런 것을 알 길이 없다. 삼십삼 번지 십팔 가구의 낮은 참 조용하다.

조용한 것은 낮뿐이다. 어둑어둑하면 그들은 이부자리를 걷어 들인다. 전등불이 켜진 뒤의 십팔 가구는 낮보다 훨씬 화려하다. 저물도록 미닫이 여닫는 소리가 잦다. 바빠진다. 여러 가지 냄새가 나기 시작한다. 비웃 굽는 내, 탕고도오랑 내, 뜨물 내, 비눗내.

그러나 이런 것들보다도 그들의 문패가 제일로 고개를 끄덕이게 하는 것이다. 이 십팔 가구를 대표하는 대문이라는 것이 일각이 져서 외따로 떨어지기는 했으나, 있다. 그러나 그것은 한 번도 닫힌 일이 없는, 한길이나 마찬가지 대문인 것이다. 온갖 장사치들은 하루 가운데 어느 시간에라도 이 대문을 통하여 드나들 수 있는 것이다. 이네들은 문간에서 두부를 사는 것이 아니라, 미닫이를 열고 방에서 두부를 사는 것이다. 이렇게 생긴 삼십삼 번지 대문에 그들 십팔 가구의 문패를 몰아다 붙이는 것은 의미가 없다. 그들은 어느 사이엔가 각 미닫이 위 백인당이니 길상당이니 써붙인 한곁에다 문패를 붙이는 풍속을 가져버렸다.

내 방 미닫이 위 한곁에 칼표딱지를 넷에다 낸 것만 한 내— 아니! 내 아내의 명함이 붙어 있는 것도 이 풍속을 좇은 것이 아닐 수 없다.

나는 그러나 그들의 아무와도 놀지 않는다. 놀지 않을 뿐만 아니라 인사도 않는다. 나는 내 아내와 인사하는 외에 누구와도 인사하고 싶지 않았다.

내 아내 외의 다른 사람과 인사를 하거나 놀거나 하는 것은

내 아내 낯을 보아 좋지 않은 일인 것만 같이 생각이 되었기 때문이다. 나는 이만큼까지 내 아내를 소중히 생각한 것이다.

내가 이렇게까지 내 아내를 소중히 생각한 까닭은 이 삼십삼 번지 십팔 가구 속에서 내 아내가 내 아내의 명함처럼 제일 작고 제일 아름다운 것을 안 까닭이다. 십팔 가구에 각기 빌어 들은 송이송이 꽃들 가운데서도 내 아내가 특히 아름다운 한 떨기의 꽃으로 이 함석지붕 밑 볕 안 드는 지역에서 어디까지든지 찬란하였다. 따라서 그런 한 떨기 꽃을 지키고—아니 그 꽃에 매어달려 사는 나라는 존재가 도무지 형언할 수 없는 거북살스러운 존재가 아닐 수 없었던 것은 물론이다.

나는 어디까지든지 내 방이—집이 아니다. 집은 없다—마음에 들었다. 방 안의 기온은 내 체온을 위하여 쾌적하였고, 방 안의 침침한 정도가 또한 내 안력을 위하여 쾌적하였다. 나는 내 방 이상의 서늘한 방도 또 따뜻한 방도 희망하지 않았다. 이 이상으로 밝거나 이 이상으로 아늑한 방은 원하지 않았다. 내 방은 나 하나를 위하여 요만한 정도를 꾸준히 지키는 것 같아 늘 내 방에 감사하였고, 나는 또 이런 방을 위하여 이 세상에 태어난 것만 같아서 즐거웠다.

　그러나 이것은 행복이라든가 불행이라든가 하는 것을 계산하는 것은 아니었다. 말하자면 나는 내가 행복되다고도 생각할 필요가 없었고, 그렇다고 불행하다고도 생각할 필요가 없었다. 그냥 그날을 그저 까닭 없이 펀둥펀둥 게으르고만 있으면 만사는 그만이었던 것이다.

　내 몸과 마음에 옷처럼 잘 맞는 방 속에서 뒹굴면서, 축 처져 있는 것은 행복이니 불행이니 하는 그런 세속적인 계산을 떠난, 가장 편리하고 안일한, 말하자면 절대적인 상태인 것이다. 나는 이런 상태가 좋았다.

　이 절대적인 내 방은 대문간에서 세어서 똑 일곱째 칸이다. 럭키 세븐의 뜻이 없지 않다. 나는 이 일곱이라는 숫자를 훈장처럼 사랑하였다. 이런 이 방이 가운데 장지로 말미암아 두 칸으로 나뉘어 있었다는 그것이 내 운명의 상징이었던 것을 누가 알랴?

　아랫방은 그래도 해가 든다. 아침결에 책보만 한 해가 들었다가 오후에 손수건만 해지면서 나가버린다. 해가 영영 들지 않는 윗방이 즉 내 방인 것은 말할 것도 없다. 이렇게 볕 드는 방이 아내 방이요, 볕 안 드는 방이 내 방이요 하고 아내와 나 둘 중에

누가 정했는지 나는 기억하지 못한다. 그러나 나에게는 불평이 없다.

아내가 외출만 하면 나는 얼른 아랫방으로 와서 그 동쪽으로 난 들창을 열어놓고 열어놓으면 들이비치는 햇살이 아내의 화장대를 비쳐 가지각색 병들이 아롱지면서 찬란하게 빛나고, 이렇게 빛나는 것을 보는 것은 다시없는 내 오락이다. 나는 조그만 돋보기를 꺼내가지고 아내만이 사용하는 지리가미를 꺼내가지고 그을려 가면서 불장난을 하고 논다. 평행광선을 굴절시켜서 한 초점에 모아가지고 그 초점이 따근따근해지다가, 마지막에는 종이를 그을리기 시작하고, 가느다란 연기를 내면서 드디어 구멍을 뚫어놓는 데까지 이르는, 고 얼마 안 되는 동안의 초조한 맛이 죽고 싶을 만큼 내게는 재미있었다.

이 장난이 싫증이 나면 나는 또 아내의 손잡이 거울을 가지고 여러 가지로 논다. 거울이란 제 얼굴을 비칠 때만 실용품이다. 그 외의 경우에는 도무지 장난감인 것이다.

이 장난도 곧 싫증이 난다. 나의 유희심은 육체적인 데서 정신적인 데로 비약한다. 나는 거울을 내던지고 아내의 화장대 앞으로 가까이 가서 나란히 늘어놓인 그 가지각색의 화장품 병들을 들여다본다. 고것들은 세상의 무엇보다도 매력적이다. 나는

그중의 하나만을 골라서 가만히 마개를 빼고 병 구멍을 내 코에 가져다 대고 숨죽이듯이 가벼운 호흡을 하여본다. 이국적인 센슈얼한 향기가 폐로 스며들면 나는 저절로 스르르 감기는 내 눈을 느낀다. 확실히 아내의 체취의 파편이다. 나는 도로 병마개를 막고 생각해본다. 아내의 어느 부분에서 요 냄새가 났던가를…… 그러나 그것은 분명하지 않다. 왜? 아내의 체취는 여기 늘어섰는 가지각색 향기의 합계일 것이니까.

아내의 방은 늘 화려하였다. 내 방이 벽에 못 한 개 꽂히지 않은 소박한 것인 반대로, 아내 방에는 천장 밑으로 쫙 돌려 못이 박히고, 못마다 화려한 아내의 치마와 저고리가 걸렸다. 여러 가지 무늬가 보기 좋다. 나는 그 여러 조각의 치마에서 늘 아내의 동체와, 그 동체가 될 수 있는 여러 가지 포우즈를 연상하고 연상하면서 내 마음은 늘 점잖지 못하다.

그렇건만 나에게는 옷이 없었다. 아내는 내게 옷을 주지 않았다. 입고 있는 골덴 양복 한 벌이 내 자리옷이었고 통상복과 나들이옷을 겸한 것이었다. 그리고 하이넥의 스웨터가 한 조각 사철을 통한 내 내의다. 그것들은 하나같이 다 빛이 검다. 그것은 내 짐작 같아서는 즉 빨래를 될 수 있는 데까지 하지 않아도 보

기 싫지 않게 하기 위한 것이 아닌가 한다. 나는 허리와 두 가랑이 세 군데 다—고무밴드가 끼여 있는 부드러운 사루 마다를 입고 그리고 아무 소리 없이 잘 놀았다.

　어느덧 손수건만 해졌던 별이 나갔는데 아내는 외출에서 돌아오지 않는다. 나는 요만 일에도 좀 피곤하였고 또 아내가 돌아오기 전에 내 방으로 가 있어야 될 것을 생각하고 그만 내 방으로 건너간다. 내 방은 침침하다. 나는 이불을 뒤집어쓰고 낮잠을 잔다. 한 번도 걷은 일이 없는 내 이부자리는 내 몸뚱이의 일부분처럼 내게는 참 반갑다. 잠은 잘 오는 적도 있다. 그러나 또 전신이 까칫까칫하면서 영 잠이 오지 않는 적도 있다. 그런 때는 아무 제목으로나 제목을 하나 골라서 연구하였다. 나는 내 좀 축축한 이불 속에서 참 여러 가지 발명도 하였고 논문도 많이 썼다. 시도 많이 지었다. 그러나 그것들은 내가 잠이 드는 것과 동시에 내 방에 담겨서 철철 넘치는 그 흐늑흐늑한 공기에다 비누처럼 풀어져서 온데간데 없고, 한잠 자고 깨인 나는 속이 무명 헝겊이나 메밀껍질로 띵띵 찬 한 덩어리 베개와도 같은 한 벌 신경이었을 뿐이고 뿐이고 하였다.
　그러기에 나는 빈대가 무엇보다도 싫었다. 그러나 내 방에서

는 겨울에도 몇 마리의 빈대가 끊이지 않고 나왔다. 내게 근심이 있었다면 오직 이 빈대를 미워하는 근심일 것이다. 나는 빈대에게 물려서 가려운 자리를 피가 나도록 긁었다. 쓰라리다. 그것은 그윽한 쾌감에 틀림없었다. 나는 혼곤히 잠이 든다.

나는 그러나 그런 이불 속의 사색 생활에서도 적극적인 것을 궁리하는 법이 없다. 내게는 그럴 필요가 대체 없었다. 만일 내가 그런 좀 적극적인 것을 궁리해 내었을 경우에 나는 반드시 내 아내와 의논하여야 할 것이고, 그러면 반드시 나는 아내에게 꾸지람을 들을 것이고―나는 꾸지람이 무서웠다느니보다는 성가셨다. 내가 제법 한 사람의 사회인의 자격으로 일을 해 보는 것도 아내에게 사설 듣는 것도. 나는 가장 게으른 동물처럼 게으른 것이 좋았다. 될 수만 있으면 이 무의미한 인간의 탈을 벗어 버리고도 싶었다.

나에게는 인간 사회가 스스러웠다. 생활이 스스러웠다. 모두가 서먹서먹할 뿐이었다.

아내는 하루에 두 번 세수를 한다. 나는 하루 한 번도 세수를 하지 않는다. 나는 밤중 세 시나 네 시쯤 해서 변소에 갔다. 달이 밝은 밤에는 한참씩 마당에 우두커니 섰다가 들어오곤 한다.

그러니까 나는 이 십팔 가구의 아무와도 얼굴이 마주치는 일이 거의 없다. 그러면서도 나는 이 십팔 가구의 젊은 여인네 얼굴들을 거반 다 기억하고 있었다. 그들은 하나 같이 내 아내만 못하였다.

열한 시쯤 해서 하는 아내의 첫 번 세수는 좀 간단하다. 그러나 저녁 일곱 시쯤 해서 하는 두 번째 세수는 손이 많이 간다. 아내는 낮에 보다도 밤에 더 좋고 깨끗한 옷을 입는다. 그리고 낮에도 외출하고 밤에도 외출하였다.

아내에게 직업이 있었던가? 나는 아내의 직업이 무엇인지 알 수 없다. 만일 아내에게 직업이 없었다면 같이 직업이 없는 나처럼 외출할 필요가 생기지 않을 것인데—아내는 외출한다. 외출할 뿐만 아니라 내객이 많다. 아내에게 내객이 많은 날은 나는 온종일 내 방에서 이불을 쓰고 누워 있어야만 된다. 불장난도 못한다. 화장품 냄새도 못 맡는다. 그런 날은 나는 의식적으로 우울해하였다. 그러면 아내는 나에게 돈을 준다. 오십 전짜리 은화다. 나는 그것이 좋았다. 그러나 그것을 무엇에 써야 옳을지 몰라서 늘 머리맡에 던져두고 두고 한 것이 어느 결에 모여서 꽤 많아졌다. 어느 날 이것을 본 아내는 금고처럼 생긴 벙어리를 사다 준다. 나는 한 푼씩 한 푼씩 그 속에 넣고 열쇠는

아내가 가져갔다. 그 후에도 나는 더러 은화를 그 벙어리에 넣은 것을 기억한다. 그리고 나는 게을렀다. 얼마 후 아내의 머리 쪽에 보지 못하던 누깔잠이 하나 여드름처럼 돋았던 것은 바로 그 금고형 벙어리의 무게가 가벼워졌다는 증거일까. 그러나 나는 드디어 머리맡에 놓았던 그 벙어리에 손을 대지 않고 말았다. 내 게으름은 그런 것에 내 주의를 환기시키기도 싫었다.

아내에게 내객이 있는 날은 이불 속으로 암만 깊이 들어가도 비 오는 날만큼 잠이 잘 오지 않았다. 나는 그런 때 나에게 왜 늘 돈이 있나 왜 돈이 많은가를 연구했다.

내객들은 장지 저쪽에 내가 있는 것을 모르나 보다. 내 아내와 나도 좀 하기 어려운 농을 아주 서슴지 않고 쉽게 해 던지는 것이다. 그러나 내 아내를 찾은 서너 사람의 내객들은 늘 비교적 점잖았다고 볼 수 있는 것이, 자정이 좀 지나면 으레 돌아들 갔다. 그들 가운데에는 꽤 교양이 얕은 자도 있는 듯싶었는데, 그런 자는 보통 음식을 사다 먹고 논다. 그래서 보충을 하고 대체로 무사하였다.

나는 우선 아내의 직업이 무엇인가를 연구하기에 착수하였으나 좁은 시야와 부족한 지식으로는 이것을 알아내기 힘이 든다.

나는 끝끝내 내 아내의 직업이 무엇인가를 모르고 말려나 보다.

아내는 늘 진솔 버선만 신었다. 아내는 밥도 지었다. 아내가 밥을 짓는 것을 나는 한 번도 구경한 일은 없으나 언제든지 끼니 때면 내 방으로 내 조석 밥을 날라다주는 것이다. 우리 집에는 나와 내 아내 외의 다른 사람은 아무도 없다. 이 밥은 분명 아내가 손수 지었음에 틀림없다.

그러나 아내는 한 번도 나를 자기 방으로 부른 일은 없다.

나는 늘 웃방에서나 혼자서 밥을 먹고 잠을 잤다. 밥은 너무 맛이 없었다. 반찬이 너무 엉성하였다. 나는 닭이나 강아지처럼 말없이 주는 모이를 넓적넓적 받아먹기는 했으나 내심 야속하게 생각한 적도 더러 없지 않다. 나는 안색이 여지없이 창백해가면서 말라 들어갔다. 나날이 눈에 보이듯이 기운이 줄어들었다. 영양 부족으로 하여 몸뚱이 곳곳의 뼈가 불쑥불쑥 내어밀었다. 하룻밤 사이에도 수십차를 돌쳐눕지 않고는 여기저기가 배겨서 나는 배겨낼 수가 없었다.

그렇기 때문에 나는 내 이불 속에서 아내가 늘 흔히 쓸 수 있는 저 돈의 출처를 탐색해내는 일변 장지 틈으로 새어나오는 아랫방의 음성은 무엇일까를 간단히 연구하였다. 나는 잠이 잘 안 왔다.

깨달았다. 아내가 쓰는 그 돈은 내게는 다만 실없는 사람들로 밖에 보이지 않는 까닭 모를 내객들이 놓고 가는 것이 틀림없으리라는 것을 깨달았다. 그러나 왜 그들 내객은 돈을 놓고 가나. 왜 내 아내는 그 돈을 받아야 되나 하는 예의 관념이 내게는 도무지 알 수 없는 것이었다.

그것은 그저 예의에 지나지 않는 것일까. 그렇지 않으면 혹 무슨 대가일까. 보수일까. 내 아내가 그들의 눈에는 동정을 받아야만 할 한 가엾은 인물로 보였던가?

이런 것들을 생각하노라면 으레 내 머리는 그냥 혼란하여 버리고 하였다. 잠들기 전에 획득했다는 결론이 오직 불쾌하다는 것뿐이었으면서도 나는 그런 것을 아내에게 물어보거나 한 일이 참 한 번도 없다. 그것은 대체 귀찮기도 하려니와 한잠 자고 일어나는 나는 사뭇 딴사람처럼 이것도 저것도 다 깨끗이 잊어버리고 그만두는 까닭이다.

내객들이 돌아가고, 혹 외출에서 돌아오고 하면 아내는 간편한 것으로 옷을 바꾸어 입고 내 방으로 나를 찾아온다. 그리고 이불을 들치고 내 귀에는 영 생동생동한 몇 마디 말로 나를 위로하려 든다. 나는 조소도 고소도 홍소도 아닌 웃음을 얼굴에 띠고 아내의 아름다운 얼굴을 처다본다. 아내는 방그레 웃는다.

그러나 그 얼굴에 떠도는 일말의 애수를 나는 놓치지 않는다.

아내는 능히 내가 배고파하는 것을 눈치챌 것이다. 그러나 아랫방에서 먹고 남은 음식을 나에게 주려 들지는 않는다. 그것은 어디까지든지 나를 존경하는 마음일 것임에 틀림없다. 나는 배가 고프면서도 적이 마음이 든든한 것을 좋아했다. 아내가 무엇이라고 지껄이고 갔는지 귀에 남아 있을 리가 없다. 다만 내 머리맡에 아내가 놓고 간 은화가 전등불에 흐릿하게 빛나고 있을 뿐이다.

고 금고형 벙어리 속에 은화가 얼마만큼이나 모였을까? 나는 그러나 그것을 쳐들어보지 않았다. 그저 아무런 의욕도 기원도 없이 그 단추구멍처럼 생긴 틈바구니로 은화를 떨어뜨려둘 뿐이었다.

왜 아내의 내객들이 아내에게 돈을 놓고 가나 하는 것이 풀 수 없는 의문인 것같이, 왜 아내는 나에게 돈을 놓고 가나 하는 것도 역시 나에게는 똑같이 풀 수 없는 의문이었다. 내 비록 아내가 내게 돈을 놓고 가는 것이 싫지 않았다 하더라도 그것은 다만 고것이 내 손가락 닿는 순간에서부터 고 벙어리 주둥이에서 자취를 감추기까지의 하잘것없는 짧은 촉각이 좋았달 뿐이

지 그 이상 아무 기쁨도 없다.

어느 날 나는 고 벙어리를 변소에 갖다 넣어버렸다. 그때 벙어리 속에는 몇 푼이나 되는지 모르겠으나 고 은화들이 꽤 들어 있었다.

나는 내가 지구 위에 살며 내가 이렇게 살고 있는 지구가 질풍신뢰의 속력으로 광대무변의 공간을 달리고 있다는 것을 생각했을 때 참 허망하였다. 나는 이렇게 부지런한 지구 위에서는 현기증도 날 것 같고 해서 한시바삐 내려버리고 싶었다.

이불 속에서 이런 생각을 하고 난 뒤에는 나는 고 은화를 고 벙어리에 넣고 넣고 하는 것조차 귀찮아졌다. 나는 아내가 손수 벙어리를 사용하였으면 하고 생각하였다. 벙어리도 돈도 사실은 아내에게만 필요한 것이지 내게는 애초부터 의미가 전연 없는 것이었으니까 될 수만 있으면 그 벙어리를 아내는 아내 방으로 가져갔으면 하고 기다렸다. 그러나 아내는 가져가지 않는다. 나는 내가 아내 방으로 가져다둘까 하고 생각하여 보았으나 그즈음에는 아내의 내객이 워낙 많아서 내가 아내 방에 가볼 기회가 도무지 없었다. 그래서 나는 하는 수 없이 변소에 갖다 집어넣어 버리고 만 것이다.

나는 서글픈 마음으로 아내의 꾸지람을 기다렸다. 그러나 아내는 끝내 아무 말도 하지 않았다. 않았을 뿐 아니라 여전히 돈은 돈대로 머리맡에 놓고 가지 않나! 내 머리맡에는 어느덧 은화가 꽤 많이 모였다.

내객이 아내에게 돈을 놓고 가는 것이나 아내가 내게 돈을 놓고 가는 것이나 일종의 쾌감—그 외의 다른 아무런 이유도 없는 것이 아닐까 하는 것을 나는 또 이불 속에서 연구하기 시작하였다. 쾌감이라면 어떤 종류의 쾌감일까를 계속하여 연구하였다. 그러나 그것은 이불 속의 연구로는 알 길이 없었다. 쾌감, 쾌감, 하고 나는 뜻밖에도 이 문제에 대해서만 흥미를 느꼈다.

아내는 물론 나를 늘 감금하여 두다시피 하여왔다. 내게 불평이 있을 리 없다. 그런 중에도 나는 그 쾌감이라는 것의 유무를 체험하고 싶었다.

나는 아내의 밤 외출 틈을 타서 밖으로 나왔다. 나는 거리에서 잊어버리지 않고 가지고 나온 은화를 지폐로 바꾼다. 오 원이나 된다. 그것을 주머니에 넣고 나는 목적지를 잃어버리기 위하여 얼마든지 거리를 쏘다녔다. 오래간만에 보는 거리는 거의

경이에 가까울 만큼 내 신경을 흥분시키지 않고는 마지않았다. 나는 금시에 피곤하여 버렸다. 그러나 나는 참았다. 그리고 밤이 이슥하도록 까닭을 잃어버린 채 이 거리 저 거리로 지향 없이 헤매었다. 돈은 물론 한 푼도 쓰지 않았다. 돈을 쓸 아무 엄두도 나서지 않았다. 나는 벌써 돈을 쓰는 기능을 완전히 상실한 것 같았다.

나는 과연 피로를 이 이상 견디기가 어려웠다. 나는 가까스로 내 집을 찾았다. 나는 내 방을 가려면 아내 방을 통과하지 않으면 안 될 것을 알고, 아내에게 내객이 있나 없나를 걱정하면서 미닫이 앞에서 좀 거북살스럽게 기침을 한 번 했더니, 이것은 참 또 너무도 암상스럽게 미닫이가 열리면서 아내의 얼굴과 그 등 뒤에 낯설은 남자의 얼굴이 이쪽을 내다보는 것이다. 나는 별안간 내어 쏟아지는 불빛에 눈이 부셔서 좀 머뭇머뭇했다.

나는 아내의 눈초리를 못 본 것은 아니다. 그러나 나는 모른 체하는 수밖에 없었다. 왜? 나는 어쨌든 아내의 방을 통과하지 아니하면 안 되니까…….

나는 이불을 뒤집어썼다. 무엇보다도 다리가 아파서 견딜 수가 없었다. 이불 속에서는 가슴이 울렁거리면서 암만해도 까무러칠 것만 같았다. 걸을 때는 몰랐더니 숨이 차다. 등에 식은땀

이 쭉 내배인다. 나는 외출한 것을 후회하였다. 이런 피로를 잊고 어서 잠이 들었으면 좋았다. 한잠 잘 자고 싶었다.

얼마 동안이나 비스듬히 엎드려 있었더니 차츰차츰 뚝딱거리는 가슴 동계가 가라앉는다. 그만해도 우선 살 것 같았다. 나는 몸을 들쳐 반듯이 천장을 향하여 눕고 쭈욱 다리를 뻗었다.

그러나 나는 또다시 가슴의 동계를 피할 수 없게 되었다. 아랫방에서 아내와 그 남자의 내 귀에도 들리지 않을 만큼 낮은 목소리로 소곤거리는 기척이 장지 틈으로 전하여 왔던 것이다. 청각을 더 예민하게 하기 위하여 나는 눈을 떴다. 그리고 숨을 죽였다. 그러나 그때는 벌써 아내와 남자는 앉았던 자리를 툭툭 털고 일어섰고 일어서면서 옷과 모자 쓰는 기척이 나는 듯하더니 이어 미닫이가 열리고 구두 뒤축 소리가 나고 그리고 뜰에 내려서는 소리가 쿵 하고 나면서 뒤를 따르는 아내의 고무신 소리가 두어 발짝 찍찍 나고 사뿐사뿐 나나 하는 사이에 두 사람의 발소리가 대문 쪽으로 사라졌다.

나는 아내의 이런 태도를 본 일이 없다. 아내는 어떤 사람과도 결코 소곤거리는 법이 없다. 나는 웃방에서 이불을 쓰고 누웠는 동안에도 혹 술이 취해서 혀가 잘 돌아가지 않는 내객들의 담화는 더러 놓치는 수가 있어도 아내의 높지도 낮지도 않은 말

소리는 일찍이 한마디도 놓쳐본 일이 없다. 더러 내 귀에 거슬리는 소리가 있어도 나는 그것이 태연한 목소리로 내 귀에 들렸다는 이유로 충분히 안심이 되었다. 그렇던 아내의 이런 태도는 필시 그 속에 여간하지 않은 사정이 있는 듯싶이 생각이 되고 내 마음은 좀 서운했으나 그보다도 나는 좀 너무 피로해서 오늘만은 이불 속에서 아무것도 연구하지 않기로 굳게 결심하고 잠을 기다렸다. 낮잠은 좀처럼 오지 않았다. 대문간에 나간 아내도 좀처럼 들어오지 않았다. 그러는 동안에 흐지부지 나는 잠이 들어버렸다. 꿈이 얼쑹덜쑹 종을 잡을 수 없는 거리의 풍경을 여전히 헤매었다.

나는 몹시 흔들렸다. 내객을 보내고 들어온 아내가 잠든 나를 잡아 흔드는 것이다. 나는 눈을 번쩍 뜨고 아내의 얼굴을 쳐다보았다. 아내의 얼굴에는 웃음이 없다. 나는 좀 눈을 비비고 아내의 얼굴을 자세히 보았다. 노기가 눈초리에 떠서 얇은 입술이 바르르 떨린다. 좀처럼 이 노기가 풀리기는 어려울 것 같았다. 나는 그대로 눈을 감아버렸다. 벼락이 내리기를 기다린 것이다. 그러나 쌔근 하는 숨소리가 나면서 부스스 아내의 치맛자락 소리가 나고 장지가 여닫히며 아내는 아내 방으로 돌아갔다. 나는

다시 몸을 돌쳐 이불을 뒤집어쓰고는 개구리처럼 엎드리고 엎
드려서 배가 고픈 가운데에도 오늘 밤의 외출을 또 한 번 후회
하였다.

나는 이불 속에서 아내에게 사죄하였다. 그것은 네 오해
라고…….

나는 사실 밤이 퍽으나 이슥한 줄만 알았던 것이다. 그것이
네 말마따나 자정 전인지는 정말이지 꿈에도 몰랐다. 나는 너무
피곤하였다. 오래간만에 나는 너무 많이 걸은 것이 잘못이다.
내 잘못이라면 잘못은 그것밖에 없다. 외출은 왜 하였더냐고?

나는 그 머리맡에 저절로 모인 오 원 돈을 아무에게라도 좋으
니 주어보고 싶었던 것이다. 그뿐이다. 그러나 그것도 내 잘못
이라면 나는 그렇게 알겠다. 나는 후회하고 있지 않나?

내가 그 오 원 돈을 써 버릴 수가 있었던들 나는 자정 안에 집
에 돌아올 수 없었을 것이다. 그러나 거리는 너무 복잡하였고
사람은 너무도 들끓었다. 나는 어느 사람을 붙들고 그 오 원 돈
을 내어주어야 할지 갈피를 잡을 수가 없었다. 그러는 동안에
나는 여지없이 피곤해 버리고 말았던 것이다.

나는 무엇보다도 좀 쉬고 싶었다. 눕고 싶었다. 그래서 나는

하는 수 없이 집으로 돌아온 것이다. 내 짐작 같아서는 밤이 어지간히 늦은 줄만 알았는데, 그것이 불행히도 자정 전이었다는 것은 참 안된 일이다. 미안한 일이다. 나는 얼마든지 사죄하여도 좋다. 그러나 종시 아내의 오해를 풀지 못하였다 하면 내가 이렇게까지 사죄하는 보람은 그럼 어디 있나? 한심하였다.

한 시간 동안을 나는 이렇게 초조하게 굴지 않으면 안 되었다. 나는 이불을 홱 젖혀버리고 일어나서 장지를 열고 아내 방으로 비칠비칠 달려갔던 것이다. 내게는 거의 의식이라는 것이 없었다. 나는 아내 이불 위에 엎드러지면서 바지 포켓 속에서 그 돈 오 원을 꺼내 아내 손에 쥐여준 것을 간신히 기억할 뿐이다.

이튿날 잠이 깨었을 때 나는 내 아내 방 아내 이불 속에 있었다. 이것이 이 삼십삼 번지에서 살기 시작한 이래 내가 아내 방에서 잔 맨 처음이었다.

해가 들창에 훨씬 높았는데 아내는 이미 외출하고 벌써 내 곁에 있지는 않다. 아니! 아내는 엊저녁 내가 의식을 잃은 동안에 외출한 것인지도 모른다. 그러나 나는 그런 것을 조사하고 싶지 않았다. 다만 전신이 찌뿌드드한 것이 손가락 하나 꼼짝할 힘조차 없었다. 책보보다 좀 작은 면적의 볕이 눈이 부시다. 그 속에서 수없이 먼지가 흡사 미생물처럼 난무한다. 코가 콱 막히는

것 같다. 나는 다시 눈을 감고 이불을 푹 뒤집어쓰고 낮잠을 자기에 착수하였다. 그러나 코를 스치는 아내의 체취는 꽤 도발적이었다. 나는 몸을 여러 번 여러 번 비비 꼬면서 아내의 화장대에 늘어선 고 가지각색 화장품 병들의 마개를 뽑았을 때 풍기는 냄새를 더듬느라고 좀처럼 잠은 들지 않는 것을 나는 어찌하는 수도 없었다.

견디다 못하여 나는 그만 이불을 걷어차고 벌떡 일어나서 내 방으로 갔다. 내 방에는 다 식어빠진 내 끼니가 가지런히 놓여 있는 것이다. 내 방에는 다 식어빠진 내 끼니가 가지런히 놓여 있는 것이다. 아내는 내 모이를 여기다 두고 나간 것이다. 나는 우선 배가 고팠다. 한 숟갈을 입에 떠 넣었을 때 그 촉감은 참 너무도 냉회와 같이 써늘하였다. 나는 숟갈을 놓고 내 이불 속으로 들어갔다. 하룻밤을 비었던 내 이부자리는 여전히 반갑게 나를 맞아준다. 나는 내 이불을 뒤집어쓰고 이번에는 참 늘어지게 한잠 잤다. 잘—

내가 잠을 깬 것은 전등이 켜진 뒤다. 그러나 아내는 아직도 돌아오지 않았나 보다. 아니! 돌아왔다 또 나갔는지 알 수 없다. 그러나 그런 것을 상고하여 무엇하나?

정신이 한결 난다. 나는 밤일을 생각해 보았다. 그 돈 오 원을 아내 손에 쥐여주고 넘어졌을 때에 느낄 수 있었던 쾌감을 나는 무엇이라고 설명할 수가 없었다. 그러나 내객들이 내 아내에게 돈 놓고 가는 심리며 내 아내가 내게 돈 놓고 가는 심리의 비밀을 나는 알아낸 것 같아서 여간 즐거운 것이 아니다. 나는 속으로 빙그레 웃어보았다. 이런 것을 모르고 오늘까지 지내온 내 자신이 어떻게 우스꽝스럽게 보이는지 몰랐다.

따라서 나는 또 오늘 밤에도 외출하고 싶었다. 그러나 돈이 없다. 나는 또 엊저녁에 그 돈 오 원을 한꺼번에 아내에게 주어버린 것을 후회하였다. 또 고 벙어리를 변소에 갖다 쳐넣어버린 것도 후회하였다. 나는 실없이 실망하면서 습관처럼 그 돈 오 원이 들어 있던 내 바지 포켓에 손을 넣어 한번 휘둘러 보았다. 뜻밖에도 내 손에 쥐어지는 것이 있었다. 이 원밖에 없다. 그러나 많아야 맛은 아니다. 얼마간이고 있으면 된다. 나는 그만한 것이 여간 고마운 것이 아니었다.

나는 기운을 얻었다. 나는 그 단벌 다 떨어진 골덴 양복을 걸치고 배고픈 것도 주제 사나운 것도 다 잊어버리고 활갯짓을 하면서 또 거리로 나섰다. 나서면서 나는 제발 시간이 화살 닫듯 해서 자정이 어서 획 지나 버렸으면 하고 조바심을 태웠다. 아

내에게 돈을 주고 아내 방에서 자 보는 것은 어디까지든지 좋았지만 만일 잘못해서 자정 전에 집에 들어갔다가 아내의 눈총을 맞는 것은 그것은 여간 무서운 일이 아니었다. 나는 저물도록 길가 시계를 들여다보고 들여다보고 하면서 또 지향 없이 거리를 방황하였다. 그러나 이날은 좀처럼 피곤하지는 않았다. 다만 시간이 좀 너무 더디게 가는 것만 같아서 안타까웠다.

경성역(京城驛) 시계가 확실히 자정을 지난 것을 본 뒤에 나는 집을 향하였다. 그날은 그 일각 대문에서 아내와 아내의 남자가 이야기하고 섰는 것을 만났다. 나는 모른 체하고 두 사람 곁을 지나서 내 방으로 들어갔다. 뒤이어 아내도 들어왔다. 와서는 이 밤중에 평생 안 하던 쓰레질을 하는 것이었다. 조금 있다가 아내가 눕는 기척을 엿보자마자 나는 또 장지를 열고 아내 방으로 가서 그 돈 이 원을 아내 손에 덥석 쥐여주고 그리고 —하여간 그 이 원을 오늘 밤에도 쓰지 않고 도로 가져온 것이 참 이상하다는 듯이 아내는 내 얼굴을 몇 번이고 엿보고—아내는 드디어 아무 말도 없이 나를 자기 방에 재워주었다. 나는 이 기쁨을 세상의 무엇과도 바꾸고 싶지는 않았다. 나는 편히 잘 잤다.

이튿날도 내가 잠이 깨었을 때는 아내는 보이지 않았다. 나는 또 내 방으로 가서 피곤한 몸이 낮잠을 잤다.

내가 아내에게 흔들려 깨었을 때는 역시 불이 들어온 뒤였다. 아내는 자기 방으로 나를 오라는 것이다. 이런 일은 또 처음이다. 아내는 끊임없이 얼굴에 미소를 띠고 내 팔을 이끄는 것이다. 나는 이런 아내의 태도 이면에 엔간치 않은 음모가 숨어 있지나 않은가 하고 적이 불안을 느끼지 않을 수 없었다.

나는 아내의 하자는 대로 아내의 방으로 끌려갔다. 아내 방에는 저녁 밥상이 조촐하게 차려져 있는 것이다. 생각하여 보면 나는 이틀을 굶었다. 나는 지금 배고픈 것까지도 긴가민가 잊어버리고 어름어름하던 차다.

나는 생각하였다. 이 최후의 만찬을 먹고 나자마자 벼락이 내려도 나는 차라리 후회하지 않을 것을. 사실 나는 인간 세상이 너무나 심심해서 못 견디겠던 차다. 모든 것이 성가시고 귀찮았으나 그러나 불의의 재난이라는 것은 즐겁다. 나는 마음을 턱 놓고 조용히 아내와 마주 이 해괴한 저녁밥을 먹었다. 우리 부부는 이야기하는 법이 없었다. 밥을 먹은 뒤에도 나는 말이 없이 부스스 일어나서 내 방으로 건너가 버렸다. 아내는 나를 붙잡지 않았다. 나는 벽에 기대어 앉아서 담배를 한 대 피워 물고

그리고 벼락이 떨어질 테거든 어서 떨어져라 하고 기다렸다.

오 분! 십 분!

그러나 벼락은 내리지 않았다. 긴장이 차츰 풀어지기 시작한다. 나는 어느덧 오늘 밤에도 외출할 것을 생각하고 있었다. 돈이 있었으면 하고 생각하고 있었다.

그러나 돈은 확실히 없다. 오늘은 외출하여도 나중에 올 무슨 기쁨이 있나? 내 앞이 그저 아뜩하였다. 나는 화가 나서 이불을 뒤집어쓰고 이리 뒹굴 저리 뒹굴 굴렀다. 금시 먹은 밥이 목으로 자꾸 치밀어 올라온다. 메스꺼웠다.

하늘에서 얼마라도 좋으니 왜 지폐가 소낙비처럼 퍼붓지 않나? 그것이 그저 한없이 야속하고 슬펐다. 나는 이렇게밖에 돈을 구하는 아무런 방법도 알지는 못했다. 나는 이불 속에서 좀 울었나 보다. 왜 없느냐면서…….

그랬더니 아내가 또 내 방에를 왔다. 나는 깜짝 놀라 아마 이제서야 벼락이 내리려나 보다 하고 숨을 죽이고 두꺼비 모양으로 엎드려 있었다. 그러나 떨어진 입을 새어나오는 아내의 말소리는 참 부드러웠다. 정다웠다. 아내는 내가 왜 우는지를 안다는 것이다. 돈이 없어서 그러는 게 아니란다. 나는 실없이 깜짝

놀랐다. 어떻게 사람의 속을 환하게 들여다보는고 해서 나는 한 편으로 슬그머니 겁도 안 나는 것은 아니었으나 저렇게 말하는 것을 보면 아마 내게 돈을 줄 생각이 있나 보다, 만일 그렇다면 오죽이나 좋은 일일까. 나는 이불 속에 뚤뚤 말린 채 고개도 들 지 않고 아내의 다음 거동을 기다리고 있으니까 '옜소' 하고 내 머리맡에 내려뜨리는 것은 그 가뿐한 음향으로 보아 지폐에 틀 림없었다. 그리고 내 귀에다 대고 오늘을랑 어제보다도 늦게 돌 아와도 좋다고 속삭이는 것이다. 그것은 어렵지 않다. 우선 그 돈이 무엇보다도 고맙고 반가웠다.

어쨌든 나섰다. 나는 좀 야맹증이다. 그래서 될 수 있는 대로 밝은 거리로 돌아다니기로 했다. 그러고는 경성역 일이등 대합 실 한곁 티이루움에를 들렀다. 그것은 내게는 큰 발견이었다. 거기는 우선 아무도 아는 사람이 안 온다. 설사 왔다가도 곧 돌 아가니까 좋다. 나는 날마다 여기 와서 시간을 보내리라 속으로 생각하여 두었다.

제일 여기 시계가 어느 시계보다도 정확하리라는 것이 좋았 다. 섣불리 서투른 시계를 보고 그것을 믿고 시간 전에 집에 돌 아갔다가 큰코를 다쳐서는 안 된다.

나는 한 복스에 아무것도 없는 것과 마주 앉아서 잘 끓은 커

피를 마셨다. 총총한 가운데 여객들은 그래도 한잔 커피가 즐거운가 보다. 얼른얼른 마시고 무얼 좀 생각하는 것같이 담벼락도 좀 쳐다보고 하다가 곧 나가버린다. 서글프다. 그러나 내게는 이 서글픈 분위기가 거리의 티이루움들의 그 거추장스러운 분위기보다는 절실하고 마음에 들었다. 이따금 들리는 날카로운 혹은 우렁찬 기적 소리가 모오짜르트보다도 더 가깝다. 나는 메뉴에 적힌 몇 가지 안 되는 음식 이름을 치읽고 내리읽고 여러 번 읽었다. 그것들은 아물아물하는 것이 어딘가 내 어렸을 때 동무들 이름과 비슷한 데가 있었다.

거기서 얼마나 내가 오래 앉았는지 정신이 오락가락하는 중에 객이 슬며시 뜸해지면서 이 구석 저 구석 걷어치우기 시작하는 것을 보면 아마 닫는 시간이 된 모양이다. 열한 시가 좀 지났구나, 여기도 결코 내 안주의 곳은 아니구나, 어디 가서 자정을 넘길까? 두루 걱정을 하면서 나는 밖으로 나섰다. 비가 온다. 빗발이 제법 굵은 것이 우비도 우산도 없는 나를 고생을 시킬 작정이다. 그렇다고 이런 괴이한 풍모를 차리고 이 홀에서 어물어물하는 수도 없고 에이 비를 맞으면 맞았지 하고 그냥 나서버렸다.

대단히 선선해서 견딜 수가 없다. 골덴 옷이 젖기 시작하더니

나중에는 속속들이 스며들면서 추근거린다. 비를 맞아 가면서라도 견딜 수 있는 데까지 거리를 돌아다녀서 시간을 보내려 하였으나, 인제는 선선해서 이 이상은 더 견딜 수가 없다. 오한이 자꾸 일어나면서 이가 딱딱 맞부딪는다.

나는 걸음을 늦추면서 생각하였다. 오늘 같은 궂은 날도 아내에게 내객이 있을라구? 없겠지, 하는 생각이 드는 것이다. 집으로 가야겠다. 아내에게 불행히 내객이 있거든 내 사정을 하리라. 사정을 하면 이렇게 비가 오는 것을 눈으로 보고 알아주겠지.

부리나케 와 보니까 그러나 아내에게는 내객이 있었다. 나는 너무 춥고 척척해서 얼떨김에 노크하는 것을 잊었다. 그래서 나는 보면 아내가 덜 좋아할 것을 그만 보았다. 나는 감발자국 같은 발자국을 내면서 덤벙덤벙 아내 방을 디디고 내 방으로 가서 쭉 빠진 옷을 활활 벗어버리고 이불을 뒤썼다. 덜덜덜덜 떨린다. 오한이 점점 더 심해 들어온다. 여전 땅이 꺼져 들어가는 것만 같았다. 나는 그만 의식을 잃어버리고 말았다.

이튿날 내가 눈을 떴을 때 아내는 내 머리맡에 앉아서 제법 근심스러운 얼굴이다. 나는 감기가 들었다. 여전히 으스스 춥고 또 골치가 아프고 입에 군침이 도는 것이 씁쓸하면서 다리 팔이

척 늘어져서 노곤하다.

아내는 내 머리를 쓱 짚어보더니 약을 먹어야지 한다. 아내 손이 이마에 선뜻한 것을 보면 신열이 어지간한 모양인데 약을 먹는다면 해열제를 먹어야지 하고 속 생각을 하자니까 아내는 따뜻한 물에 하얀 정제약 네 개를 준다. 이것을 먹고 한잠 푹 자고 나면 괜찮다는 것이다. 나는 널름 받아먹었다. 쌉싸름한 것이 짐작 같아서는 아마 아스피린인가 싶다. 나는 다시 이불을 쓰고 단번에 그냥 죽은 것처럼 잠이 들어버렸다.

나는 콧물을 훌쩍훌쩍하면서 여러 날을 앓았다. 앓는 동안에 끊이지 않고 그 정제약을 먹었다. 그러는 동안에 감기도 나았다. 그러나 입맛은 여전히 소태처럼 썼다.

나는 차츰 또 외출하고 싶은 생각이 났다. 그러나 아내는 나더러 외출하지 말라고 이르는 것이다. 이 약을 날마다 먹고 그리고 가만히 누워 있으라는 것이다. 공연히 외출을 하다가 이렇게 감기가 들어서 저를 고생시키는 게 아니란다. 그도 그렇다. 그럼 외출을 하지 않겠다고 맹세하고 그 약을 연복하여 몸을 좀 보해 보리라고 나는 생각하였다.

나는 날마다 이불을 뒤집어쓰고 밤이나 낮이나 잤다. 유난스럽게 밤이나 낮이나 졸려서 견딜 수가 없는 것이다. 나는 이렇

게 잠이 자꾸만 오는 것은 내가 몸이 훨씬 튼튼해진 증거라고 굳게 믿었다.

나는 아마 한 달이나 이렇게 지냈나 보다. 내 머리와 수염이 좀 너무 자라서 후틋해서 견딜 수가 없어서 내 거울을 좀 보리라고 아내가 외출한 틈을 타서 나는 아내 방으로 가서 아내의 화장대 앞에 앉아보았다. 상당하다. 수염과 머리가 참 상당하였다. 오늘은 이발을 좀 하리라고 생각하고 겸사겸사 고 화장품 병들 마개를 뽑고 이것저것 맡아보았다. 한동안 잊어버렸던 향기 가운데서는 몸이 배배 꼬일 것 같은 체취가 전해 나왔다. 나는 아내의 이름을 속으로만 한 번 불러보았다.

"연심이—" 하고…….

오래간만에 돋보기 장난도 하였다. 거울 장난도 하였다. 창에 든 볕이 여간 따뜻한 것이 아니었다. 생각하면 오월이 아니냐.

나는 커다랗게 기지개를 한 번 켜보고 아내 베개를 내려 베고 벌떡 자빠져서는 이렇게도 편안하고 즐거운 세월을 하느님께 흠씬 자랑하여 주고 싶었다. 나는 참 세상의 아무것과도 교섭을 가지지 않는다. 하느님도 아마 나를 칭찬할 수도 처벌할 수도 없는 것 같다.

그러나 다음 순간 실로 세상에도 이상스러운 것이 눈에 띄었

다. 그것은 최면약 아달린 갑이었다. 나는 그것을 아내의 화장대 밑에서 발견하고 그것이 흡사 아스피린처럼 생겼다고 느꼈다. 나는 그것을 열어보았다. 꼭 네 개가 비었다.

나는 오늘 아침에 네 개의 아스피린을 먹은 것을 기억하고 있었다. 나는 잤다. 어제도 그제도 그끄제도…… 나는 졸려서 견딜 수가 없었다. 나는 감기가 다 나았는데도…… 아내는 내게 아스피린을 주었다. 내가 잠이 든 동안에 이웃에 불이 난 일이 있다. 그때에도 나는 자느라고 몰랐다. 이렇게 나는 잤다. 나는 아스피린으로 알고 그럼 한 달 동안을 두고 아달린을 먹어온 것이다. 이것은 좀 너무 심하다.

별안간 아뜩하더니 하마터면 나는 까무러칠 뻔하였다. 나는 그 아달린을 주머니에 넣고 집을 나섰다. 그리고 산을 찾아 올라갔다. 인간 세상의 아무것도 보기가 싫었던 것이다. 걸으면서 나는 아무쪼록 아내에 관계되는 일은 일체 생각하지 않도록 노력하였다. 길에서 까무러치기 쉬우니까다. 나는 어디라도 양지가 바른 자리를 하나 골라 자리를 잡아가지고 서서히 아내에 관하여서 연구할 작정이었다. 나는 길가의 돌 장판, 구경도 못한 진 개나리꽃, 종달새, 돌멩이도 새끼를 까는 이야기, 이런 것만 생각하였다. 다행히 길가에서 나는 졸도하지 않았다.

거기는 벤치가 있었다. 나는 거기 정좌하고 그리고 그 아스피린과 아달린에 관하여 연구하였다. 그러나 머리가 도무지 혼란하여 생각이 체계를 이루지 않는다. 단 오 분이 못 가서 나는 그만 귀찮은 생각이 번쩍 들면서 심술이 났다. 나는 주머니에서 가지고 온 아달린을 꺼내 남은 여섯 개를 한꺼번에 질겅질겅 씹어먹어 버렸다. 맛이 익살맞다. 그러고 나서 나는 그 벤치 위에 가로 기다랗게 누웠다. 무슨 생각으로 내가 그 따위 짓을 했나, 알 수가 없다. 그저 그러고 싶었다. 나는 게서 그냥 깊이 잠이 들었다. 잠결에도 바위틈으로 흐르는 물소리가 졸졸 하고 언제까지나 귀에 어렴풋이 들려왔다.

내가 잠을 깨었을 때는 날이 환히 밝은 뒤다. 나는 거기서 일주야를 잔 것이다. 풍경이 그냥 노오랗게 보인다. 그 속에서도 나는 번개처럼 아스피린과 아달린이 생각났다.

아스피린, 아달린, 아스피린, 아달린, 마르크, 말사스, 마도로스, 아스피린, 아달린……

아내는 한 달 동안 아달린을 아스피린이라고 속이고 내게 먹였다. 그것은 아내 방에서 이 아달린 갑이 발견된 것으로 미루어 증거가 너무나 확실하다.

무슨 목적으로 아내는 나를 밤이나 낮이나 재웠어야 됐나?

나를 밤이나 낮이나 재워놓고, 그리고 아내는 내가 자는 동안에 무슨 짓을 했나?

나를 조금씩 조금씩 죽이려던 것일까?

그러나 또 생각하여 보면 내가 한 달을 두고 먹어온 것이 아스피린이었는지도 모른다. 아내는 무슨 근심되는 일이 있어서 밤이면 잠이 잘 오지 않아서 정작 아내가 아달린을 사용한 것이나 아닌지? 그렇다면 나는 참 미안하다. 나는 아내에게 이렇게 큰 의혹을 가졌다는 것이 참 안됐다.

나는 그래서 부리나케 거기서 내려왔다. 아랫도리가 홰홰 내어 저이면서 어찔어찔한 것을 나는 겨우 집을 향하여 걸었다. 여덟 시 가까이였다.

나는 내 잘못된 생각을 죄다 일러바치고 아내에게 사죄하려는 것이다. 나는 너무 급해서 그만 또 말을 잊어버렸다.

그랬더니 이건 참 큰일났다. 나는 내 눈으로 절대로 보아서 안 될 것을 그만 딱 보아버리고 만 것이다. 나는 얼떨결에 그만 냉큼 미닫이를 닫고 그리고 현기증이 나는 것을 진정시키느라고 잠깐 고개를 숙이고 눈을 감고 기둥을 짚고 섰자니까, 일 초 여유도 없이 홱 미닫이가 다시 열리더니 매무새를 풀어헤친 아내가 불쑥 내밀면서 내 멱살을 잡는 것이다. 나는 그만 어지러

워서 게가 나둥그러졌다. 그랬더니 아내는 넘어진 내 위에 덮치면서 내 살을 함부로 물어뜯는 것이다. 아파 죽겠다. 나는 사실 반항할 의사도 힘도 없어서 그냥 넙적 엎드려 있으면서 어떻게 되나 보고 있자니까, 뒤이어 남자가 나오는 것 같더니 아내를 한아름에 덥석 안아가지고 방으로 들어가는 것이다. 아내는 아무 말 없이 다소곳이 그렇게 안겨 들어가는 것이 내 눈에 여간 미운 것이 아니다. 밉다.

아내는 너 밤새워 가면서 도둑질하러 다니느냐, 계집질하러 다니느냐고 발악이다. 이것은 참 너무 억울하다. 나는 어안이 벙벙하여 도무지 입이 떨어지지를 않았다.

너는 그야말로 나를 살해하려던 것이 아니냐고 소리를 한 번 꽥 질러보고도 싶었으나, 그런 긴가민가한 소리를 섣불리 입밖에 내었다가는 무슨 화를 볼는지 알 수 없다. 차라리 억울하지만 잠자코 있는 것이 우선 상책인 듯싶이 생각이 들길래, 나는 이것은 또 무슨 생각으로 그랬는지 모르지만 툭툭 털고 일어나서 내 바지 포켓 속에 남은 돈 몇 원 몇십 전을 가만히 꺼내서는 몰래 미닫이를 열고 살며시 문지방 밑에다 놓고 나서는, 나는 그냥 줄달음박질을 쳐서 나와버렸다.

여러 번 자동차에 치일 뻔하면서 나는 그래도 경성역으로 찾

아갔다. 빈자리와 마주 앉아서 이 쓰디쓴 입맛을 거두기 위하여 무엇으로나 입가심을 하고 싶었다.

커피! 좋다. 그러나 경성역 홀에 한 걸음 들여놓았을 때 나는 내 주머니에는 돈이 한 푼도 없는 것을 그것을 깜박 잊었던 것을 깨달았다. 또 아뜩하였다. 나는 어디선가 그저 맥없이 머뭇머뭇하면서 어쩔 줄을 모를 뿐이었다. 얼빠진 사람처럼 그저 이리 갔다 저리 갔다 하면서…….

나는 어디로 어디로 들입다 쏘다녔는지 하나도 모른다. 다만 몇 시간 후에 내가 미쓰꼬시 옥상에 있는 것을 깨달았을 때는 거의 대낮이었다.

나는 거기 아무 데나 주저앉아서 내 자라온 스물 여섯 해를 회고하여 보았다. 몽롱한 기억 속에서는 이렇다는 아무 제목도 불거져 나오지 않았다.

나는 또 내 자신에게 물어보았다. 너는 인생에 무슨 욕심이 있느냐고, 그러나 있다고도 없다고도 그런 대답은 하기가 싫었다. 나는 거의 나 자신의 존재를 인식하기조차도 어려웠다.

허리를 굽혀서 나는 그저 금붕어를 들여다보고 있었다. 금붕어는 참 잘들도 생겼다. 작은 놈은 작은 놈대로 큰 놈은 큰 놈대로 다 싱싱하니 보기 좋았다. 내려비치는 오월 햇살에 금붕어들

은 그릇 바탕에 그림자를 내려뜨렸다. 지느러미는 하늘하늘 손수건을 흔드는 흉내를 낸다. 나는 이 지느러미 수효를 헤어보기도 하면서 굽힌 허리를 좀처럼 펴지 않았다. 등이 따뜻하다.

나는 또 오탁의 거리를 내려다보았다. 거기서는 피곤한 생활이 똑 금붕어 지느러미처럼 흐늑흐늑 허우적거렸다. 눈에 보이지 않는 끈적끈적한 줄에 엉켜서 헤어나지들을 못한다. 나는 피로와 공복 때문에 무너져 들어가는 몸뚱이를 끌고 그 오탁의 거리 속으로 섞여 가지 않는 수도 없다 생각하였다. 나서서 나는 또 문득 생각하여 보았다. 이 발길이 지금 어디로 향하여 가는 것인가를……

그때 내 눈앞에는 아내의 모가지가 벼락처럼 내려 떨어졌다. 아스피린과 아달린.

우리들은 서로 오해하고 있느니라. 설마 아내가 아스피린 대신에 아달린의 정량을 나에게 먹여왔을까? 나는 그것을 믿을 수는 없다. 아내가 대체 그럴 까닭이 없을 것이니, 그러면 나는 날밤을 새면서 도둑질을 계집질을 하였나? 정말이지 아니다.

우리 부부는 숙명적으로 발이 맞지 않는 절름발이인 것이다. 내나 아내나 제 거동에 로직을 붙일 필요는 없다. 변해할 필요도 없다. 사실은 사실대로 오해는 오해대로 그저 끝없이 발을

절뚝거리면서 세상을 걸어가면 되는 것이다. 그렇지 않을까?

그러나 나는 이 발길이 아내에게로 돌아가야 옳은가 이것만은 분간하기가 좀 어려웠다. 가야하나? 그럼 어디로 가나?

이때 뚜우 하고 정오 사이렌이 울었다. 사람들은 모두 네 활개를 펴고 닭처럼 푸드덕거리는 것 같고 온갖 유리와 강철과 대리석과 지폐와 잉크가 부글부글 끓고 수선을 떨고 하는 것 같은 찰나! 그야말로 현란을 극한 정오다.

나는 불현듯 겨드랑이가 가렵다. 아하, 그것은 내 인공의 날개가 돋았던 자국이다. 오늘은 없는 이 날개. 머릿속에서는 희망과 야심이 말소된 페이지가 딕셔너리 넘어가듯 번뜩였다.

나는 걷던 걸음을 멈추고 그리고 일어나 한번 이렇게 외쳐 보고 싶었다.

날개야 다시 돋아라.

날자. 날자. 한 번만 더 날자꾸나.

한 번만 더 날아 보자꾸나.

지팡이 역사

아침에 깨기는 일찍 깨었다는 증거로 닭 우는 소리를 들었는 데 또 생각하면 여관으로 돌아오기를 닭이 울기 시작한 후에— 참 또 생각하면 그 밤중에 달도 없고 한 시골길을 닷 마장이나 되는 읍내에서 어떻게 걸어서 돌아왔는지 술을 먹어서 하나도 생각이 안 나지만, 둘이 걸어오면서 S가 코를 곤 것은 기억합니 다. 여관 주인아주머니가 아주 듣기 싫은 여자 목소리로

"김상! 오정이 지났는데 무슨 잠이오, 어서 일어나요."

그러는 바람에 일어나 보니까 잠은 한잠도 못 잔 것 같은데 시계를 보니까 아홉 시 반이니까 오정이란 말은 여관 주인아주 머니 에누리가 틀림없습니다. 곁에서 자던 S는 벌써 담배로 꽁 다리 네 개를 만들어놓고 어디로 나갔는지 없고, 내가 늘 흉보 는 S의 인생관을 꾸려 넣어가지고 다니는 것 같은 참 궁상스러 운 가방이 쭈글쭈글하게 놓여 있고, 그 속에는 S의 저서가 들어 있을 것이 분명합니다. 양말을 신지 않은 채로 구두를 신었더니 좀 못 박힌 모서리가 아파서 안되었길래 다시 양말을 신고 구두 를 신고 툇마루에 걸터앉아서 S가 어데로 갔나 하고 생각하고 있으려니까, 건너편 방에서 묵고 있는 참 뚱뚱한 사람이 나를 자꾸 보길래 좀 겸연쩍어서 문밖으로 나갔더니 문 앞에 늑대같 이 생긴 시골뜨기 개가 두 마리가 나를 번갈아 흘낏흘낏 쳐다보

길래 그것도 싫어서 도로 툇마루로 오니까 그 뚱뚱한 사람은 부처님처럼 아까 앉았던 고대로 앉은 채 또 나를 보길래 참 별 사람도 다 많군 왜 내 얼굴에 무에 묻었나 그런 생각에 또 대문간으로 나가니까 그때야 S가 어슬렁어슬렁 이리로 오면서 내 얼굴을 보더니 공연히 싱글벙글 웃길래 나는 또 나대로 공연히 한 번 싱글벙글 웃었습니다. 대체 어디를 갔다 왔느냐고 그랬더니 참 새벽에 일어나서 수십 리 길을 걸었는데 그것도 모르고 여태 잤느냐고 나더러 게으른 사람이라고 그러길래 대체 어디어디를 갔다왔는지 일러 바쳐보라고 그랬더니 문무정에 가서 영감님하고 기생이 활 쏘는 것을 맨 처음에 보고—그래서 나는 무슨 기생이 새벽부터 활을 쏘느냐고 그랬더니 그 대답은 아니하고 또 문회서원에 가서 팔 선생의 사당을 보고 기운정에 가서 약물을 먹고 오는 길이라고 그러길래 내가 가만히 쳐다보니까 참 수십 리 길에 틀림은 없지만 그게 원 정말인지 곧이 들리지는 않는다고 그랬더니 에하가키를 내어 놓으면서 저 건너 천일각 식당에 가서 커피를 한잔 먹고 왔으니까 탐승 비용은 십 전이라고 그러길래 나는 내가 이렇게 싱겁게 S에게 속은 것은 잠이 덜 깨었거나 잠이 모자라는 까닭이라고 그랬더니 참 그렇다고 나도 잠이 모자라서 죽겠다고 S는 그랬습니다.

밥상이 들어왔습니다. 반찬이 열 가지나 되는데 풋고추로 만든 것이 다섯 가지—내 마음에 꼭 들었습니다. 여관 주인아주머니가 오더니 찬은 없지만 많이 먹으라고 그러길래 구첩반상이 찬이 없으면 찬 있는 밥상은 그럼 찬을 몇 가지나 놓아야 되느냐고 그랬더니 가짓수는 많지만 입에 맞지 않을 것이라고 그러면서 그래도 여전히 많이 먹으라고 그러길래 아주머니는 공연히 천만에 말씀이라고 그랬더니 그렇지만 쇠고기만은 서울서 얻어먹기 어려운 것이라고 그러길래 서울서도 쇠고기는 팔아도 경찰서에서 꾸지람하지 않는다고 그랬더니 그런 게 아니라 송아지 고기가 어디 있겠느냐고 그럽니다. 나는 상에 놓인 송아지 고기를 다 먹은 뒤에 냉수를 청하였더니 아주머니가 손수 가져 오는지라 죄송스럽다고 그러니까 이 냉수 한 지게에 오 전 하는 줄은 김상이 서울 살아도—서울 사니까 모르리라고 그러길래 그것은 또 어째서 그렇게 냉수가 값이 비싸냐고 그랬더니 이 온천 일대가 어디를 파든지 펄펄 끓는 물밖에는 안 숫는 하느님한테 죄받은 땅이 되어서 냉수가 먹고 싶으면 보통 같으면 거저 주는 온천물을 듬뿍 길어다가 잘 식혀서 냉수를 만들어서 먹을 것이로되 유황 냄새가 몹시 나는 고로 서울서 수돗물만 홀짝홀짝 마시고 살아오던 손님들이 딱 질색들을 하는 고로 부득

이 지게를 지고 한 마장이나 넘는 정거장까지 냉수를 한 지게에 오 전씩을 주고 사서 길어다 먹는데 너무 거리가 멀어서 물통이 좀 새든지 하면 오 전어치를 사도 이 전어치밖에 못 얻어먹으니 셈을 따지고 보면 이 냉수는 한 대접에 일 전씩은 받아야 경우가 옳은 것이 아니냐고 아주머니는 그러는지라 그것 참 수고가 많으시다고 그럼 이 냉수는 특별히 조심조심하여서 마시겠다고 그랬더니 그렇지만 냉수는 얼마든지 거저 드릴 것이니 염려 말고 꿀떡꿀떡 먹으라고 그러는 말을 듣고서야 S와 둘이 비로소 마음놓고 벌덕벌덕 먹었습니다.

발동기 소리가 왼종일 밤새도록 탕탕탕탕 나는 것이 헐 일 없이 항구에 온 것 같은 기분이 난다고 S가 그러는데 알고 보니까 그게 바로 한 지게에 오 전씩 하는 질기고 튼튼한 냉수를 길어 올리는 펌프 모터 소리인 줄 누가 알았겠습니까.

밥값을 치르려고 얼마냐고 그러니까 엊저녁을 안 먹었으니까 칠십 전씩 일 원 사십 전만 내라고 그러는지라 일 원짜리 두 장을 주니까 거스를 돈이 없는데 나가서 다른 집에 가서 바꾸어가지고 오겠다고 그러는 것을 말리면서 그만두라고 그만두고 나머지는 아주머니 왜떡을 사먹으라고 그러고 나서 생각을 하니까 아주머니더러 왜떡을 사먹으라는 것도 좀 우습기도 하고 하

지만, 또 돈 육십 전을 가지고 파라솔을 사 가지라고 그럴 수도 없고, 말인즉 잘한 말이라고 생각하고 나니까 생각나는 것이 주인아주머니에게는 슬하에 일점 혈육으로 귀여운 따님이 한 분 계신데 나이는 세 살입니다. 깜박 잊어버리고 따님 왜떡을 사주라고 그렇게 가르쳐주지 못한 것은 퍽 유감입니다. 주인 영감을 못 보고 가는 것 같은데 섭섭하다고 그러면서 주인 영감은 어디를 이렇게 볼일을 보러 갔느냐고 그러니까 세루 양복을 입고 넥타이를 매고 읍내에 들어갔다고 아주머니는 그러길래 나는 안녕히 계시라고 인사를 하고 곧 두 사람은 정거장으로 나갔습니다.

대체로 이 황해선이라는 철도의 레일 폭은 너무 좁아서 똑 토롯코 레일 폭만 한 것이 참 앙증스럽습니다. 그리로 굴러다니는 기차 그 기차를 끌고 달리는 기관차야말로 가엾어 눈물이 날 지경입니다. 그야말로 사람이 치이면 사람이 다칠는지 기관차가 다칠는지 참 알 수 없을 만치 귀엽고도 갸륵한 데다가 그래도 크로싱에 오면 말뚝에다가 간판을 써서 가로되 '기차에 조심' 그것을 읽은 다음에 나는 S더러 농담으로 그 간판을 사람에게 보이는 쪽에는 '기차에 조심' 그렇게 쓰고 기차에서 보이는 쪽에는 '사람에 조심' 그렇게 따로따로 썼으면 여러 가지 의미

로 보아 좋겠다고 그래 보았더니 뜻밖에 S도 찬성하였습니다. S의 그 인생관을 집어 넣어가지고 다니는 가방은 캡을 쓴 여관 심부름꾼 녀석이 들고 벌써 플랫폼에 들어서서 저쪽 기차가 올 쪽을 열심히 바라보고 섰는지라 시간은 좀 남았는데 혹 그 갸쿠비키 녀석이 그 가방 속에 든 인생관을 건드리지나 않을까 겁이 나서 얼른 그 가방을 이리 빼앗으려고 얼른 우리도 개찰을 통과 하여서 플랫폼으로 가는데 여관 보이가 갸쿠비키나 호텔 자동 차 운전수들은 일 년간 입장권을 한꺼번에 샀는지는 모르지만 함부로 드나드는데 다른 사람은 전송을 하러 플랫폼에 들어가 자면 입장권을 사야 된다고 역부가 강경하게 막은지라 그럼 입 장권은 값이 얼마냐고 그랬더니 십 전이라고 그것 참 비싸다고 그랬더니 역부가 힐끗 십 전이 무엇이 호되어서 그러느냐는 눈 으로 그 사람을 보니까 그 사람은 그만 십 전이 아까워서 그 사 람의 친한 사람의 전송을 플랫폼에서 하는 것만은 중지하는 모 양입니다. 장난감 같은 시그널이 떨어지더니 갸륵한 기관차가 연기를 제법 펄석펄석 뿜으면서 기적도 쏙 한번 울려보면서 들 어옵니다. 금테를 둘이나 두른 월급을 많이 타는 높은 역장과 금테를 하나밖에 안 두른 월급을 좀 적게 타는 조역이 나와 섰 다가 그 으레 주고받고 하는 굴렁쇠를 이 얌전하게 생긴 기차도

역시 주고받는지라 하도 어줍지 않아서 S와 나와는 그래도 이 기차를 타기는 타야 하겠지만도 원체 겁도 나고 가엾기도 하여 서 몸뚱이가 조그마해지는 것 같아서 간질이는 것처럼 남 보기에는 좀 쳐다보일 만치 웃었습니다. 종이 울리고 호루라기가 불리고 하는 체는 다 하느라고 기적이 쓱 한번 울리고 기관차에서 픽 소리가 났습니다. 기차가 떠납니다. 십 전이 아까워서 플랫폼에 들어오지 않은 맥고자를 쓴 사람이 누구를 향하여 그러는지 쭈글쭈글한 정하지도 못한 손수건을 흔드는 것이 보였습니다. 칙칙푹팍 칙칙푹팍 그러면서 징검다리로도 넉넉한 개천에 놓인 철교를 건너갈 때 같은 데는 제법 흡사하게 기차는 소리를 낼 줄 아는 것이 아닙니까.

그 불쌍한 기차가 객차를 세 채나 끌고 왔습니다. S와의 우리 두 사람이 탄 객차는 맨 꼴찌 객차인데 그 객차의 안에 멤버는 다음과 같습니다. 물론 정말 기차처럼 박스가 있을 수 없는 것이니까 똑 전차처럼 가로 기이다랗게 나란히 앉는 것입니다. 우선 내외가 두 쌍인데 썩 젊은 사람이 썩 젊은 부인을 거느리고 부인은 새빨간 핸드백을 들었는데 바깥양반은 구두가 좀 해어졌습니다. 또 하나는 꽤 늙수구레한 사람이 썩 젊은 부인을 데리고 부인은 뿔로 만든 값이 많아 보이는 부채 하나를 들었

을 뿐인데 바깥어른은 뚱뚱한 트렁크를 하나 낑낑 매어가면서 들고 들어왔습니다. 그 바깥어른은 실례지만 좀 미련하게 생겼는 데다가 무테안경을 넓적한 코에 걸쳐놓고 신문을 참 재미있게 보고 있는 곁에 부인은 깨끗하고 살갈은 희고 또 눈썹은 검고 많고 머리 밑으로 솜털이 퍽 많고 까만 솜털이 나시르르하고 입술은 얇고 푸르고 눈에는 쌍꺼풀이 지고 머리에서는 전나무 냄새가 나고 옷에서는 우유 냄새가 나는 미인입니다. 눈알은 사금파리로 만든 것처럼 번쩍하고 차디찬 것 같고 아무 말도 없이 부채도 곁에 놓고 이 거러지 같은 기차 들창 바깥 경치 어디를 그렇게 보는지 눈이 깜작이는 일이 없습니다. 또 다른 한 쌍의 비둘기로 말하면 바깥양반은 앉았는데 부인은 섰습니다. 부인 저고리는 얄따란 항라 홑껍데기가 되어서 대패질한 소나무에 니스 칠한 것 같은 조발적인 살갈이 환하게 들여다보이고 내어다보이는데 구두는 여러 조각을 누덕누덕 찍어맨 크림 빛깔 나는 복스 새 구두에 마점산(馬占山) 씨 수염 같은 구두끈이 늘어져 있고 바깥양반은 별안간 양복 웃옷을 활활 벗길래 더워서 그러나 보다 그랬더니 꾸깃꾸깃 뭉쳐서 조그맣게 만들더니 다리를 쭉 뻗고 저고리를 베개 삼아 기다랗게 드러누우니까 부인이 한참 바깥양반을 내려다보더니 드러누웠다는 것을 확실히 인정

한 다음에 부인은 그 머리맡으로 앉아서 손수건을 먼지 터는 것처럼 흔들흔들하면서 바깥양반 얼굴에다 대고 부채질을 하여주니까 바깥양반은 바람은 안 나고 코로 먼지가 들어간다는 의미의 표정을 부인에게 한번 하여 보이니까 부인은 그만둡니다.

그 외에는 조끼에 금시곗줄을 늘어뜨린 특색밖에는 아무런 특색도 없는 젊은 신사 한 사람 또 진흙투성이가 된 흰 구두를 신은 신사 한 사람, 단것 장사 같은 늙수구레한 마나님이 하나 가방을 잔뜩 끼고 앉아서 신문을 보고 있는 구르몽의 시몬 같은 S. 부인의 프로필만 구경하고 앉아 있는 말라빠진 나, 이상과 같습니다.

마루창 한복판 꽤 큰 구멍이 하나 뚫려서 기차가 달아나는 대로 철로 바탕이 들여다보이는 것이 이상스러워서 S더러 이것이 무슨 구멍이겠느냐고 의논하여 보았더니 S는 그게 무슨 구멍일까 그러기만 하길래 나는 이것이 아마 이렇게 철로 바탕을 내려다보라고 만든 구멍인 것 같기는 같은데 그런 장난 구멍을 만들어놓을 리는 없으니까 내 생각 같아서는 기차 바퀴에 기름 넣는 구멍일 것에 틀림없다 그랬더니 S는 아아 이것을 참 깜빡 잊어버렸었구나 이것은 침을 뱉으라는 구멍이라고 그러면서 침을 한번 뱉아 보이더니 나더러도 정말인가 거짓말인가 어디 침

을 한번 뱉아보라고 그러길래 나는 그 '모나리자' 앞에서 침을 뱉기는 좀 마음에 꺼림칙하여서 나는 그만두겠다고 그리면서 참 아가리가 여실히 타구같이 생겼구나 그랬습니다. 상자깨비로 만든 것 같은 정거장에서 고무장화를 신은 역장이 굴렁쇠를 들고 나오더니 기차가 정거를 하고 기관수와 역장이 무엇이라고 커다란 목소리로 서너 마디 이야기를 하더니 기적이 울리고 동리 어린 아이들이 대여섯 기차 떠나는 것을 보고 박수갈채를 하는 소리가 성대하게 들리고 나면 또 위험한 전진입니다. 어느 틈에 내 곁에는 갓 쓴 해태처럼 생긴 영감님 하나가 내 즐거운 백통색 시야를 가려놓고 앉았습니다.

내가 너무 모나리자만을 바라다보니까 맞은편에 앉았는 항라적삼을 입은 비둘기가 참 못난 사람도 다 많다는 듯이 내 얼굴을 보고 나는 그까짓 일에 부끄러워할 일은 아니니까 막 모나리자를 보고 싶은 대로 보고 모나리자는 내 얼굴을 보는 비둘기 부인을 또 좀 조소하는 듯이 바라보고 드러누워 있는 바깥 비둘기가 가만히 보니까 건너편에 앉아 있는 모나리자가 자기 아내를 그렇게 업신여겨 보는 것이 마음에 좀 흡족하지 못하여서 화를 내는 기미로 벌떡 일어나 앉는 바람에 드러눕느라고 벗어놓은 구두에 발이 잘 들어맞지 않아서 그만 양말로 담배꽁다리를

밟은 것을 S가 보고 싱그레 웃으니까 나도 그 눈치를 채고 S를 향하여 마주 싱그레 웃었더니 그것이 대단히 실례 행동 같고 또 한편으로 무슨 음모나 아닌가 퍽 수상스러워서 저편에 앉아 있는 금시곗줄과 진흙 묻은 흰 구두가 눈을 뚱그렇게 뜨고 이쪽을 노려보니까 단것 장수 할머니는 또 이쪽에 무슨 괴변이나 나지 않았나 해서 역시 눈을 두리번두리번하다가 아무 일도 없으니까 싱거워서 눈을 도로 그 맞은편의 금시곗줄로 옮겨놓을 적에 S는 보던 신문을 척척 접어 인생관 가방 속에다가 집어넣더니 정식으로 모나리자와 비둘기는 어느 편이 더 어여쁜가를 판단할 작정인 모양으로 안경을 바로잡더니 참 세계에 이런 기차는 다시 없으리라고 한마디 하니까 비둘기와 모나리자가 S쪽을 일시에 보는지라 나는 또 창 바깥 논 속에 허수아비 같은 황새가 한 마리 나려앉았으니 저것 좀 보라고 소리를 질렀더니 두 미인은 또 일시에 시선을 나 있는 창 바깥으로 옮겨 보았는데 결국 아무것도 보이지 않으니까 싱그레 웃으면서 내 얼굴을 한 번씩 보더니 모나리자는 생각난 듯이 곁에 비프스테이크 같은 바깥어른의 기름기 흐르는 콧잔등이 근처를 한번 들여다보는 것을 본 나는 속마음으로 참 아깝도다 그렇게 생각하고 있는데 S는 무슨 생각으로 그랬는지 개 발에 편자라는 말이 있지 않느냐고

그러면서 나에게 해태 한 개를 주는지라 성냥을 그어서 불을 붙이려니까 내 곁에 앉았는 갓 쓴 해태가 성냥을 좀 달라고 그러길래 주었더니 서울서 주머니에 넣어가지고 간 카페 성냥이 되어서 이상스럽다는 듯이 두어 번 뒤집어 보더니 짚고 들어온 길고도 굵은 얼른 보면 몽둥이 같은 지팡이를 방해 안 되도록 한 쪽으로 치워 놓으려고 놓자마자 꽤 크게 와지끈 하는 소리가 나면서 그 기다란 지팡이가 간데온데가 없습니다. 영감님은 그것도 모르고 담뱃불을 붙이고 성냥을 나에게 돌려보내더니 건너편 부인도 웃고 곁에 앉아 있는 부인도 수건으로 입을 가리고 웃고, S도 깔깔 웃고, 젊은 사람도 웃고, 나만이 웃지 않고 앉았는지라 좀 이상스러워서 영감은 내 어깨를 꾹 찌르더니 요다음 정거장은 어디냐고 은근히 묻는지라, 요다음 정거장은 요다음 정거장이고 영감님 무어 잃어버린 거 없느냐고 그랬더니 또 여러 사람이 웃고 영감님은 우선 쌈지 괴불주머니 등속을 만져보고 보따리 한 귀퉁이를 어루만져 보고 또 잠깐 내 얼굴을 쳐다보더니 참 내 지팡이를 못 보았느냐고 그럽니다. 또 여러 사람은 웃는데 나만이 웃지 않고 그 지팡이는 이 구멍으로 빠져 달아났으니 요다음 정거장에서는 꼭 내려서 그 지팡이를 찾으러가라고 이 철둑으로 쭉 따라가면 될 것이니까 길은 아주 찾기

쉽지 않으냐고 그러니까 그 지팡이는 돈 주고 산 것은 아니니까 잃어버려도 좋다고 그러면서 태연자약하게 담배를 뻑뻑 빨고 앉았다가 담배를 다 먹은 다음 담뱃대를 그 지팡이 집어먹은 구멍에다 대고 딱딱 떠는 바람에 나는 그만 전신에 소름이 쫙 끼쳤습니다. 다른 사람들도 물론 이때만은 웃을 수도 없는, 업신여길 수도 없는 참 아기자기한 마음에서 역시 소름이 끼쳤으리라고 나는 생각합니다.

봉별기

1

스물세 살이요―삼월이요―각혈이다. 여섯 달 잘 기른 수염을 하루 면도칼로 다듬어 코밑에 다만 나비만큼 남겨가지고 약 한 제 지어 들고 B라는 신개지(新開地) 한적한 온천으로 갔다. 게서 나는 죽어도 좋았다.

그러나 이내 아직 기를 펴지 못한 청춘이 약탕관을 붙들고 늘어져서는 날 살리라고 보채는 것은 어찌하는 수가 없다. 여관 한등(寒燈) 아래 밤이면 나는 늘 억울해했다.

사흘을 못 참고 기어이 나는 여관 주인 영감을 앞장세워 밤에 장고 소리 나는 집으로 찾아갔다. 게서 만난 것이 금홍(錦紅)이다.

"몇 살인구?"

체대(體大)가 비록 풋고추만 하나 깡그라진 계집이 제법 맛이 맵다. 열여섯 살 많아야 열아홉 살이지 하고 있자니까,

"스물한 살이에요."

"그럼 내 나인 몇 살이나 돼 뵈지?"

"글쎄 마흔? 서른 아홉?"

나는 그저 홍! 그래버렸다. 그리고 팔짱을 떡 끼고 앉아서는 더욱더욱 점잖은 체했다. 그냥 그날은 무사히 헤어졌건만.

이튿날 화우(畵友) K군이 왔다. 이 사람인즉 나와 농하는 친구다. 나는 어쩌는 수 없이 그 나비 같다면서 달고 다니던 코밑수염을 아주 밀어버렸다. 그리고 날이 저물기가 급하게 또 금홍이를 만나러 갔다.

"어디서 뵌 어른 겉은데."

"엊저녁에 왔던 수염 난 양반, 내가 바루 아들이지. 목소리까지 닮었지?"

하고 익살을 부렸다. 주석이 어느덧 파하고 마당에 내려서다가 K군의 귀에 대고 나는 이렇게 속삭였다.

"어때? 괜찮지? 자네 한번 얼러보게."

"관두게, 자네나 얼러보게."

"어쨌든 여관으로 걸구 가서 짱껭뽕을 해서 정허기루 허세나."

"거 좋지."

그랬는데 K군은 측간에 가는 체하고 피해버렸기 때문에 나는 부전승으로 금홍이를 이겼다. 그날 밤에 금홍이는 금홍이가 경산부라는 것을 감추지 않았다.

"언제?"

"열여섯 살에 머리 얹어서 열일곱 살에 낳았지."

"아들?"

"딸."

"어딨나?"

"돌 만에 죽었어."

지어가지고 온 약은 집어치우고 나는 전혀 금홍이를 사랑하는 데만 골몰했다. 못난 소린 듯하나 사랑의 힘으로 각혈이 다 멈췄으니까.

나는 금홍이에게 놀음채를 주지 않았다. 왜? 날마다 밤마다 금홍이가 내 방에 있거나 내가 금홍이 방에 있거나 했기 때문에.

그 대신— 우(禹)라는 불란서 유학생의 유야랑(遊冶郞)을 나는 금홍이에게 권하였다. 금홍이는 내 말대로 우씨와 더불어 '독탕'에 들어갔다. 이 '독탕'이라는 것은 좀 음란한 설비였다. 나는 이 음란한 설비 문간에 나란히 벗어놓은 우씨와 금홍이 신발을 보고 언짢아하지 않았다.

나는 또 내 곁방에 와 묵고 있는 C라는 변호사에게도 금홍이를 권하였다. C는 내 열성에 감동되어 하는 수 없이 금홍이 방을 범했다. 그러나 사랑하는 금홍이는 늘 내 곁에 있었다. 그리고 우, C 등등에게서 받은 십 원 지폐를 여러 장 꺼내놓고 어리

광 섞어 내게 자랑도 하는 것이었다.

그러자 나는 백부님 소상 때문에 귀경하지 않으면 안 되게 되었다. 복숭아꽃이 만발하고 정자 곁으로 석간수가 졸졸 흐르는 좋은 터전을 한군데 찾아가서 우리는 석별의 하루를 즐겼다. 정거장에서 나는 금홍이에게 십 원 지폐 한 장을 쥐여주었다. 금홍이는 이것으로 전당 잡힌 시계를 찾겠다고 그러면서 울었다.

2

금홍이가 내 아내가 되었으니까 우리 내외는 참 사랑했다. 서로 지나간 일은 묻지 않기로 하였다. 과거래야 내 과거가 무엇 있을 까닭이 없고 말하자면 내가 금홍이 과거를 묻지 않기로 한 약속이나 다름없다.

금홍이는 겨우 스물한 살인데 서른한 살 먹은 사람보다도 나았다. 서른한 살 먹은 사람보다도 나은 금홍이가 내 눈에는 열일곱 살 먹은 소녀로만 보이고 금홍이 눈에 마흔 살 먹은 사람으로 보인 나는 기실 스물세 살이요, 게다가 주책이 좀 없어서

똑 여남은 살 먹은 아이 같다. 우리 내외는 이렇게 세상에도 없이 현란(絢亂)하고 아기자기하였다.

부질없는 세월이—

일 년이 지나고 팔월, 여름으로는 늦고 가을로는 이른 그 북새통에—

금홍이에게는 예전 생활에 대한 향수가 왔다.

나는 밤이나 낮이나 누워 잠만 자니까 금홍이에게 대하여 심심하다. 그래서 금홍이는 밖에 나가 심심치 않은 사람들을 만나 심심치 않게 놀고 돌아오는—

즉 금홍이의 협착(狹窄)한 생활이 금홍이의 향수를 향하여 발전하고 비약하기 시작하였다는 데 지나지 않는 이야기다.

그런데 이번에는 내게 자랑을 하지 않는다. 않을 뿐만 아니라 숨기는 것이다.

이것은 금홍이로서 금홍이답지 않은 일일밖에 없다. 숨길 것이 있나? 숨기지 않아도 좋지. 자랑을 해도 좋지.

나는 아무 말도 하지 않는다. 나는 금홍의 오락의 편의를 돕기 위하여 가끔 P군 집에 가 잤다. P군은 나를 불쌍하다고 그랬던가싶이 지금 기억된다.

나는 또 이런 것을 생각하지 않았던 것도 아니다. 즉 남의 아

내라는 것은 정조를 지켜야 하느니라고!

금홍이는 나를 내 나태한 생활에서 깨우치게 하기 위하여 우정 간음하였다고 나는 호의로 해석하고 싶다. 그러나 세상에 흔히 있는 아내다운 예의를 지키는 체해본 것은 금홍이로서 말하자면 천려(千慮)의 일실(一失)이 아닐 수 없다.

이런 실없는 정조를 간판 삼자니까 자연 나는 외출이 잦았고 금홍이 사업에 편의를 돕기 위하여 내 방까지도 개방하여 주었다. 그러는 중에도 세월은 흐르는 법이다.

하루 나는 제목(題目) 없이 금홍이에게 몹시 얻어맞았다. 나는 아파서 울고 나가서 사흘을 들어오지 못했다. 너무도 금홍이가 무서웠다.

나흘 만에 와보니까 금홍이는 때 묻은 버선을 윗목에다 벗어 놓고 나가버린 뒤였다.

이렇게도 못나게 홀아비가 된 내게 몇 사람의 친구가 금홍이에 관한 불미한 가십을 가지고 와서 나를 위로하는 것이었으나 종시 나는 그런 취미를 이해할 도리가 없었다.

버스를 타고 금홍이와 남자는 멀리 과천 관악산으로 가는 것을 보았다는데 정말 그렇다면 그 사람은 내가 쫓아가서 야단이나 칠까 봐 무서워서 그런 모양이니까 퍽 겁쟁이다.

3

인간이라는 것은 임시 거부하기로 한 내 생활이 기억력이라는 민첩한 작용을 하지 않았기 때문에 두 달 후에는 나는 금홍이라는 성명 삼 자까지도 말쑥하게 잊어버리고 말았다. 그런 두절된 세월 가운데 하루 길일을 복(卜)하여 금홍이가 왕복 엽서처럼 돌아왔다. 나는 그만 깜짝 놀랐다.

금홍이의 모양은 뜻밖에도 초췌하여 보이는 것이 참 슬펐다. 나는 꾸짖지 않고 맥주와 붕어과자와 장국밥을 사 먹여가면서 금홍이를 위로해 주었다. 그러나 금홍이는 좀처럼 화를 풀지 않고 울면서 나를 원망하는 것이었다. 할 수 없어서 나도 그만 울어버렸다.

"그렇지만 너무 늦었다. 그만해두 두 달지간이나 되니 않니? 헤어지자, 응?"

"그럼 난 어떻게 되우, 응?"

"마땅헌 데 있거든 가거라, 응."

"당신두 그럼 장가가나? 응?"

헤어지는 한에도 위로해 보낼지어다. 나는 이런 양식 아래 금

홍이와 이별했더니라. 갈 때 금홍이는 선물로 내게 베개를 주고 갔다.

그런데 이 베개 말이다.

이 베개는 이인용(二人用)이다. 싫대도 자꾸 떠맡기고 간 이 베개를 나는 두 주일 동안 혼자 베어보았다. 너무 길어서 안됐다. 안됐을 뿐 아니라 내 머리에서는 나지 않는 묘한 머릿기름 땟내 때문에 안면(安眠)이 적이 방해된다.

나는 하루 금홍이에게 엽서를 띄웠다.

'중병에 걸려 누웠으니 얼른 오라'고.

금홍이는 와서 보니까 참 딱했다. 이대로 두었다가는 역시 며칠이 못 가서 굶어 죽을 것같이만 보였던가 보다. 두 팔을 부르걷고 그날부터 나가서 벌어다가 나를 먹여 살린다는 것이다.

"오―케이."

인간 천국―그러나 날이 좀 추웠다. 그러나 나는 대단히 안일하였기 때문에 재채기도 하지 않았다.

이러기를 두 달? 아니 다섯 달이나 되나 보다. 금홍이는 홀연히 외출했다.

달포를 두고 금홍의 홈식(향수)을 기대하다가 진력이 나서 나는 기명집물(器皿什物)을 두들겨 팔아버리고 이십일 년 만에

집으로 돌아갔다.

와 보니 우리 집은 노쇠했다. 이어 불초 이상(李箱)은 이 노쇠한 가정을 아주 쑥밭을 만들어 버렸다. 그동안 이태 가량—

어언간 나도 노쇠해 버렸다. 나는 스물일곱 살이나 먹어버렸다.

천하의 여성은 다소간 매춘부의 요소를 품었느니라고 나 혼자는 굳이 신념한다. 그 대신 내가 매춘부에게 은화를 지불하면서는 한 번도 그네들을 매춘부라고 생각한 일이 없다. 이것은 내 금홍이와의 생활에서 얻은 체험만으로는 성립되지 않는 이론같이 생각되나 기실 내 진담이다.

4

나는 몇 편의 소설과 몇 줄의 시를 써서 내 쇠망해가는 심신 위에 치욕을 배가하였다. 이 이상 내가 이 땅에서의 생존을 계속하기가 자못 어려울 지경에까지 이르렀다. 나는 하여간 허울 좋게 말하자면 망명해야겠다.

어디로 갈까. 나는 만나는 사람마다 동경으로 가겠다고 호언
했다. 그뿐 아니라 어느 친구에게는 전기 기술에 관한 전문 공
부를 하러 간다는 둥, 학교 선생님을 만나서는 고급 단식 인쇄
술을 연구하겠다는 둥, 친한 친구에게는 내 오 개 국어에 능통
할 작정일세 어쩌구, 심하면 법률을 배우겠소까지 허담을 탕탕
하는 것이다. 웬만한 친구는 보통들 속나 보다. 그러나 이 헛선
전을 안 믿는 사람도 더러는 있다. 하여간 이것은 영영 빈빈털
털이가 되어버린 이상의 마지막 공포에 지나지 않는 것만은 사
실이겠다.

어느 날 나는 이렇게 여전히 공포(空砲)를 놓으면서 친구들과
술을 먹고 있자니까 내 어깨를 툭 치는 사람이 있다. '긴상'이라
는 이다.

"긴상(이상도 사실은 긴상이다), 참 오래간만이슈. 건데 긴상
꼭 긴상 한번 만나 뵙자는 사람이 하나 있는데 긴상 어떡허시
려우."

"거 누군구. 남자야? 여자야?"

"여자니까 일이 재미있지 않느냐 그런 말야."

"여자라?"

"긴상 옛날 오쿠상(아내)."

금홍이가 서울에 나타났다는 이야기다. 나타났으면 나타났지 나를 왜 찾누?

나는 긴상에게서 금홍이의 숙소를 알아가지고 어쩔 것인가 망설였다. 숙소는 동생 일심(一心)이 집이다.

드디어 나는 만나보기로 결심하고 그리고 일심이 집을 찾아가서,

"언니가 왔다지?"

"어유— 아제두, 돌아가신 줄 알았구려! 그래 자그만치 인제 온단 말씀유, 어서 들오슈."

금홍이는 역시 초췌하다. 생활 전선에서의 피로의 빛이 그 얼굴에 여실하였다.

"네놈 하나 보구져서 서울 왔지 내 서울 뭘 허려 왔다디?"

"그러게 또 난 이렇게 널 찾아오지 않었니?"

"너 장가갔다더구나."

"애 듣기 싫다. 기 육모초 겉은 소리."

"안 갔단 말이냐 그럼?"

"그럼."

당장에 목침이 내 면상을 향하여 날아 들어왔다. 나는 예나 다름이 없이 못나게 웃어주었다.

술상을 보아 왔다. 나도 한잔 먹고 금홍이도 한잔 먹었다. 나는 영변가를 한마디하고 금홍이는 육자배기를 한마디했다.

밤은 이미 깊었고 우리 이야기는 이게 이 생(生)에서의 영이별이라는 결론으로 밀려갔다. 금홍이는 은수저로 소반전을 딱딱 치면서 내가 한 번도 들은 일이 없는 구슬픈 창가를 한다.

"속아도 꿈결 속여도 꿈결 굽이굽이 뜨내기 세상 그늘진 심정에 불질러 버려라 운운."

종생기

극유산호(郤遺珊瑚)—요 다섯 자 동안에 나는 두 자 이상의 오자를 범했는가 싶다. 이것은 나 스스로 하늘을 우러러 부끄러워할 일이겠으나 인지가 발달해가는 면목이 실로 약여(躍如)하다.

죽는 한이 있더라도 이 산호(珊瑚) 채찍을랑 꽉 쥐고 죽으리라. 네 폐포파립(廢袍破笠) 위에 퇴색한 망해(亡骸) 위에 봉황이 와 앉으리라.

나는 내「종생기(終生記)」가 천하 눈 있는 선비들의 간담을 서늘하게 해 놓기를 애틋이 바라는 일념 아래 이만큼 인색한 내 맵시의 절약법을 피력하여 보인다.

일발 포성(一發砲聲)에 부득이 영웅이 되고 만 희대의 군인 모(某)는 아흔에 귀를 단 황송한 일생을 끝막던 날 이렇다는 유언 한마디를 지껄이지 않고 그 임종의 장면을 곧잘(무사히 후—한숨이 나올 만큼) 넘겼다.

그런데 우리들의 레우오치카—애칭 톨스토이—는 괴나리봇짐을 짊어지고 나선 데까지는 기껏 그럴 성싶게 꾸며가지고 마지막 오 분에 가서 그만 잡았다. 자자레한 유언 나부랑이로 말미암아 칠십 년 공든 탑을 무너뜨렸고 허울 좋은 일생에 가신 수 없는 흠집을 하나 내어놓고 말았다.

나는 일개 교활한 옵써버—의 자격으로 그런 우매한 성인들의 생애를 방청(傍聽)하여 있으니 내가 그런 따위 실수를 알고도 재범(再犯)할 리가 없는 것이다.

거울을 향하여 면도질을 한다. 잘못해서 나는 생채기를 내인다. 나는 골을 벌컥 내인다.

그러나 와글와글 들끓는 여러 '나'와 나는 정면으로 충돌하기 때문에 그들은 제각기 베스트를 다하여 제 자신만을 변호하는 때문에 나는 좀처럼 범인을 찾아 내이기는 어렵다는 것이다.

그러기에 대저(大抵) 어리석은 민중들은 '원숭이가 사람 흉내를 내이네' 하고 마음을 놓고 지내는 모양이지만 사실 사람이 원숭이 흉내를 내이고 지내는 바 짜 지당한 전고(典故)를 이해하지 못하는 탓이리라.

오호라 일거수일투족이 이미 아담 이브의 그런 충동적 습관에서는 탈각한 지 오래다. 반사 운동(反射運動)과 반사 운동의 틈사구니에 끼여서 잠시 실로 전광석화(電光石火)만큼 손가락이 자의식의 포로가 되었을 때 나는 모처럼 내 허무한 세월 가운데 한각(閑却) 되어 있는 기암(奇岩) 네 콧잔등이를 좀 만지작만지작했다거나, 고귀한 대화와 대화 늘어선 쇠사슬 사이에도 정히 간발(間髮)을 허용하는 들창이 있나니 그 서슬 퍼런 날(인

[刃])이 자의식을 걷잡을 사이도 없이 양단(兩斷)하는 순간 나는 내 명경(明鏡)같이 맑아야 할 지보(至寶) 두 눈에 혹시 눈곱이 끼지나 않았나 하는 듯이 적절하게 주름살 잡힌 손수건을 꺼내어서는 그 두 눈을 만지작만지작했다거나—

내 혼백(魂魄)과 사대(四大)의 점잖은 태만성(怠慢性)이 그런 사소한 연화(煙火)들을 일일이 따라다니면서(보고 와서) 내 총괄되는 처소(處所)에다 일러바쳐야만 하는 그런 압도적 망살을 나는 이루 감당해 내이는 수가 없다.

그러나 나는 내 지중(至重)한 산호편(珊瑚鞭)을 자랑하고 싶다.

'쓰레기' '우거지'

이 구지레한 단자(單字)의 분위기를 족하(足下)는 족히 이해하십니까.

족하는 족하가 기감교식(基監敎式)으로 결혼하던 날 내이브·앤드·아일에서 이 '쓰레기' '우거지'에 근이(近邇)한 감흥을 맛보았으리라고 생각이 되는데 과연 그렇지는 않으십니까.

나는 그런 '쓰레기'나 '우거지'같은 테잎을— 내 종생기 처처(處處)에다 가련히 심어놓은 자자레한 치례를 위하여— 뿌려보려는 것인데—

다행히 박수하다. 이상(以上).

***

'치사(侈奢)한 소녀는' '해동기(解凍期)의 시냇가에 서서' '입술이 낙화 지듯 좀 파래지면서' '박빙(薄氷) 밑으로는 무엇이 저리도 움직이는가고' '고개를 갸웃거리는 듯이 숙이고 있는데' '봄 운기를 품은 훈풍(薰風)이 불어와서' '스커어트' 아니 아니, '너무나' 아니, 아니, '좀' '슬퍼 보이는 홍발(紅髮)을 건드리면' 그만. 더 아니다. 나는 한마디 가련한 어휘를 첨가할 성의를 보이자.

'나붓나붓'

이만하면 완비된 장치에 틀림없으리라. 나는 내 종생기의 서장(序章)을 꾸밀 그 소문 높은 산호편(珊瑚鞭)을 더 여실히 하기 위하여 위와 같은 실(實)로 나로서는 너무나 과감히 치사스럽고 어마어마한 세간살이를 장만한 것이다.

그런데—

혹 지나치지나 않았나. 천하에 형안(炯眼)이 없지 않으니까 너무 금칠을 아니했다가는 서툴리 들킬 염려가 있다. 하나—

그냥 어디 이대로 써(용[用])보기로 하자.

나는 지금 가을바람이 자못 소혜(簫篲)한 내 구중중한 방에 홀로 누워 종생(終生)하고 있다.

어머니 아버지의 충고에 의하면 나는 추호의 틀림도 없는 만 이십오 세와 십일 개월의 '홍안 미소년(紅顔美少年)'이라는 것이다. 그렇건만 나는 확실히 노옹(老翁)이다. 그날 하루하루가 '인생은 짧고 예술은 기다랗다' 하는 엄청난 평생이다.

나는 날마다 운명(殞命)하였다. 나는 자던 잠—이 잠이야말로 언제 시작한 잠이더냐—을 깨이면 내 통절(痛切)한 생애가 개시되는데 청춘이 여지없이 탕진되는 것은 이불을 푹 뒤집어쓰고 누웠지만 역력히 목도한다.

나는 노래(老來)에 빈한(貧寒)한 식사를 한다. 십이 시간 이내에 종생을 맞이하고 그리고 할 수 없이 이리 궁리 저리 궁리 유언다운 어디 유실(遺失)되어 있지 않나 하고 찾고, 찾아서는 그중 의젓스러운 놈으로 몇 추린다.

그러나 고독한 만년 가운데 한 구(句)의 에피그람을 얻지 못하고 그대로 처참히 나는 물고(物故)하고 만다.

일생의 하루—

하루의 일생은 대체(大體)(위선) 이렇게 해서 끝나고 끝나고 하는 것이었다.

자—보아라.

이런 내 분장(粉裝)은 좀 과하게 치사스럽다는 느낌은 없을까, 없지 않다.

그러나 위풍당당 일세를 풍미할 만한 참신무비(斬新無比)한 함렛(망언다사[妄言多謝])을 하나 출세시키기 위하여는 이만한 출자(出資)는 아끼지 말아야 하지 않을까 하는 느낌도 없지 않다.

나는 가을. 소녀는 해동기(解凍期).

어느 제나 이 두 사람이 만나서 즐거운 소꿉장난을 한번 해보리까.

나는 그해 봄에도—

부질없는 세상이 스스러워서 상설(霜雪)같은 위엄(威嚴)을 갖춘 몸으로 한심(寒心)한 불우(不遇)의 일월을 맞고 보내지 않으면 안 되었다.

미문(美文), 미문, 애하(曖牙)! 미문.

미문이라는 것은 저으기 조처(措處)하기 위험한 수작이니라.

나는 내 감상의 꿀방구리 속에 청산(靑山) 가던 나비처럼 마취 혼사(痲醉昏死)하기 자칫 쉬운 것이다. 조심조심 나는 내 맵시를 고쳐야 할 것을 안다.

나는 그날 아침에 무슨 생각에서 그랬던지 이를 닦으면서 내 작성 중에 있는 유서 때문에 끙끙 앓았다.

열세 벌의 유서가 거의 완성해가는 것이었다. 그러나 그 어느 것을 집어내 보아도 다 같이 서른여섯 살에 자살한 어느 '천재'가 머리맡에 놓고 간 개세(蓋世)의 일품(逸品)의 아류에서 일보를 나서지 못했다. 내게 요만 재주밖에는 없느냐는 것이 다시없이 분하고 억울한 사정이었고 또 초조의 근원이었다. 미간을 찌푸리되 가장 고매한 얼굴은 지속해야 할 것을 잊어버리지 않고 그리고 계속하여 끙끙 앓고 있노라니까(나는 일시[一時] 일각[一刻]을 허송[虛送]하지는 않는다. 나는 없는 지혜를 끊지지 않고 쥐어짠다) 속달 편지가 왔다. 소녀에게서다.

선생님! 어제 저녁 꿈에도 저는 선생님을 만나 뵈었읍니다. 꿈 가운데 선생님은 참 다정하십니다. 저를 어린애처럼 귀여워해 주십니다.

그러나 백일 아래 표표(飄飄)하신 선생님은 저를 부르시지 않

습니다.

비굴(卑屈)이라는 것이 무슨 빛으로 되어 있나 보시려거든 선생님은 거울을 한번 보아보십시오. 거기 비치는 선생님의 얼굴빛이 바로 비굴이라는 것의 빛입니다.

헤어진 부인과 삼 년을 동거하시는 동안에 너 가거라 소리를 한마디도 하신 일이 없다는 것이 선생님의 유일의 자만이십니다그려! 그렇게까지 선생님은 인정에 구구(苟苟)하신가요.

R과도 깨끗이 헤어졌읍니다. S와도 절연한 지 벌써 다섯 달이나 된다는 것은 선생님께서도 믿어주시는 바지요? 다섯 달 동안 저에게는 아무것도 없읍니다. 저의 청절(淸節)을 인정해 주시기 바랍니다.

저의 최후까지 더럽히지 않은 것을 선생님께 드리겠읍니다. 저의 희멀건 살의 매력이 이렇게 다섯 달 동안이나 놀고 없는 것은 참 무엇이라고 말할 수 없이 아깝습니다. 저의 잔털 나스르르한 목, 영한 온도가 선생님을 기다리고 있읍니다. 선생님이여! 저를 부르십시오. 저더러 영영 오라는 말을 안 하시는 것은 그것 역시 가신 적 경우와 똑같은 이론에서 나온 구구한 인생 변호의 치사스러운 수법이신가요?

영원히 선생님 '한 분'만을 사랑하지요. 어서어서 저를 전적

으로 선생님만의 것을 만들어 주십시오. 선생님의 '전용(專用)'이 되게 하십시오.

제가 아주 어수룩한 줄 오산(誤算)하고 계신 모양인데 오산치고는 좀 어림없는 큰 오산이리다.

네 딴은 제법 든든한 줄만 믿고 있는 네 그 안전지대(安全地帶)라는 것을 너는 아마 하나 가진 모양인데 그까짓 것쯤 내 말 한마디에 사태(沙汰)가 나고 말리라, 이렇게 일러드리고 싶습니다. 또—

예끼! 구역질나는 인생 같으니 이러고도 싶습니다.

삼 월 삼 일날 오후 두 시에 동소문 버스 정류장 앞으로 꼭 와야 되지 그렇지 않으면 큰일 나요. 내 징벌을 안 받지 못하리다.

만 십구 세 이 개월을 맞이하는

정희(貞姬) 올림

이상 선생님께

물론 이것은 죄다 거짓뿌렁이다. 그러나 그 일촉즉발의 아슬아슬한 용심법(用心法)이 특히 그중에도 결미(結尾)의 비견할 데 없는 청초함이 장히 질풍신뢰(疾風迅雷)를 품은 듯한 명문이다.

나는 까무러칠 뻔하면서 혀를 내어둘렀다. 나는 깜빡 속기로 한다. 속고 만다.

여기 이 이상 선생님이라는 허수아비 같은 나는 지난밤 사이에 내 평생을 경력(經歷)했다. 나는 드디어 쭈굴쭈굴하게 노쇠해 버렸던 차에 아침(이 온 것)을 보고 이키! 남들이 보는 데서는 나는 가급적 어쭙지 않게 (잠을) 자야 되는 것이어늘, 하고 늘 이를 닦고 그러고는 도로 얼른 자버릇 하는 것이었다. 오늘도 또 그럴 세음이었다.

사람들은 나를 보고 짐짓 기이(奇異)하기도 해서 그러는지 경천동지(驚天動地)의 육중한 경륜(經綸)을 품은 사람인가보다고들 속는다. 그러니까 고렇게 하는 것이 내 시시한 자세나마 유지시킬 수 있는 유일무이의 비결이었다. 즉 나는 남들 좀 보라고 낮에 잔다.

그러나 그 편지를 받고 흔희작약(欣喜雀躍), 나는 개세(蓋世)의 경륜과 유서의 고민을 깨끗이 씻어버리기 위하여 바로 이발소로 갔다. 나는 여간 아니 호걸답게 입술에다 치분(齒粉)을 허옇게 묻혀 가지고는 그 현란한 거울 앞에 가 앉아 이제 호화장려(豪華壯麗)하게 개막(開幕)하려 드는 내 종생을 유유히 즐기기로 거기 해당하게 내 맵시를 수습하는 것이었다.

위선 그 작소(鵲巢)라는 뇌명(雷名)까지 있는 봉발(蓬髮)을 썰어서 상고머리라는 것을 만들었다. 오각수(五角鬚)는 깨끗이 도태해 버렸다. 귀를 후비고 코털을 다듬었다. 안마도 했다. 그리고 비누세수를 한 다음 문득 거울을 들여다보니 품(品)있는 데라고는 한 구통이도 없어 보이는 듯하면서 또한 태생을 어찌 어기리요, 좋도록 말해서 라파엘 전파(前派) 일원같이 그렇게 청초한 백면서생(白面書生)이라고도 보아줄 수 있지 하고 실없이 제 얼굴을 미남자거니 고집하고 싶어하는 구지레한 욕심을 내심 탄식하였다.

아차! 나에게도 모자가 있다. 겨울내 꾸겨박질러 두었던 것을 부득부득 끄집어 내었다. 십오 분간 세탁소로 가지고 가서 멀쩡하게 만들었다. 그리고 흰 바지저고리에 고동색 다님을 다 치고 차림차림이 제법 이색이 있다. 공단은 못되나마 능직(綾織) 두루마기에 이만하면 고왕금래(古往今來) 모모(某某)한 천재의 풍모에 비겨도 조곰도 손색이 없으리라. 나는 내 그런 여간 이만저만하지 않은 풍모를 더욱 더욱 이만저만하지 않게 모디파이어하기 위하여 가늘지도 굵지도 않은 고다지 알맞은 단장을 하나 내 손에 쥐여주어야 할 것도 때마침 잊어버리지는 않았다.

별수 없이—

오늘이 즉 삼 월 삼 일인 것이다.

나는 점잖게 한 삼십 분쯤 지각해서 동소문 지정받은 자리에 도착하였다. 정희는 또 정희대로 아주 정희다웁게 한 삼십 분쯤 일찍 와서 있다.

정희의 입상은 제정 로서아적 우표딱지처럼 적잖이 슬프다. 이것은 아직도 얼음을 품은 바람이 해토(解土)머리답게 싸늘해서 말하자면 정희의 모양을 얼마간 침통하게 해 보일 탓이렷다.

나는 이런 경우에 천만뜻밖에도 눈물이 핑 눈에 그뜩 돌아야 하는 것이 꼭 맞는 원칙으로서의 의표(意表)가 아닐까 그렇게 생각하면서 저벅저벅 정희 앞으로 다가갔다.

우리 둘은 이 땅을 처음 찾아온 제비 한 쌍처럼 잘 앙증스럽게 만보(漫步)하기 시작했다. 걸어가면서도 나는 내 두루마기에 잡히는 주름살 하나에도 단장을 한 번 휘저었는 곡절(曲折)에도 세세히 조심한다. 나는 말하자면 내 우연한 종생을 감쪽스럽도록 찬란하게 허식(虛飾)하기 위하여 내 박빙(薄氷)을 밟는 듯한 포—즈를 아차 실수로 무너뜨리거나 해서는 절대로 안 된다는 것을 굳게 굳게 명하고 있는 까닭이다.

그러면 맨 처음 발언으로는 나는 어떤 기절 참절(奇絶慘絶)한 경구를 내어놓아야 할 것인가, 이것 때문에 또 잠깐 머뭇머뭇하

지 않을 수도 없었지만 그렇다고 바로 대이고 거 어쩌면 그렇게 똑 제정 로서아적 우표딱지같이 초초(楚楚)하니 어쩌니 하는 수는 차마 없다.

나는 선뜻

"설마가 사람을 죽이느니."

하는 소리를 저 뱃속에서부터 우러나오는 듯한 그런 가라앉은 목소리에 꽤 명료한 발음을 얹어서 정희 귀 가까이다 대이고 지껄여버렸다. 이만하면 아마 그 경우의 최초의 발성으로는 무던히 성공한 편이리라. 뜻인즉, 네가 오라고 그랬다고 그렇게 내가 불쑥 올 줄은 너 꿈에도 생각하지 못했으리라는 꼼꼼한 의도다.

나는 아침 반찬으로 콩나물을 삼 전어치는 안 팔겠다는 것을 교묘히 무사히 삼 전어치만 살 수 있는 것과 같은 미끈한 쾌감을 맛본다. 내 딴은 다행히 노랑돈 한 푼도 참 용하게 낭비하지는 않은 듯싶었다.

그러나 그런 내 청천에 벽력이 떨어진 것 같은 인사(人事)에 대하여 정희는 실로 대답이 없다. 이것은 참 큰일이다.

아이들이 고추 먹고 맴맴 담배 먹고 맴맴 하고 노는 그런 암팡진 수단으로 그냥 단번에 나를 어지러뜨려서는 넘어뜨려 버

릴 작정인 모양이다.

정말 그렇다면!

이 상쾌한 정희의 확호(確乎) 부동자세(不動姿勢)야말로 엔간치 않은 출품이 아닐 수 없다. 내가 내어놓은 바 살인촌철(殺人寸鐵)은 그만 즉석에서 분쇄되어 가엾은 부작(不作)으로 나려 떨어지고 마는 것이다 하고 나는 느꼈다.

나는 나로서 할 수 있는 가장 큰 규모의 손짓 발짓을 한번 해 보이고 이윽고 낙담하였다는 것을 표시하였다. 일이 여기 이른 바에는 내 포—즈 여부가 문제 아니다. 표정도 인제 더 써먹을 것이 남아 있을 성싶지도 않고 해서 나는 겸연쩍게 안색을 좀 고쳐가지고 그리고 정희! 그럼 나는 가겠소, 하고 깍듯이 인사하고 그리고?

나는 발길을 돌쳐서 집을 향해 걷기 시작했다. 내 파란만장의 생애가 자자레 한 말 한 마디로 하여 그만 회신(灰燼)으로 돌아가고 만 것이다. 나는 세상에도 참혹한 풍채 아래서 내 종생을 치른 것이다고 생각하면서 그렇다면 그럼 그럴 성싶기도 하게 단장도 한두 번 휘두르고 입도 좀 일그적일그적해 보기도 하고 하면서 행차하는 체해 보인다.

오 초—십 초—이십 초—삼십 초—일 분—

결코 뒤를 돌아다보거나 해서는 못쓴다. 어디까지든지 사심 없이 패배한 체하고 걷는 체한다. 실심한 체한다.

나는 사실은 좀 어지럽다. 내 쇠약한 심장으로는 이런 자약한 체조를 그렇게 장시간 계속하기가 썩 어려운 것이다.

묘지명(廟地銘)이라. 일세(一世)의 귀재(鬼才) 이상은 그 통생(通生)의 대작「종생기」일 편을 남기고 서력 기원후 일천구백삼십칠 년 정축(丁丑) 삼 월 삼 일 미시(未時) 여기 백일(白日) 아래서 그 파란만장(?)의 생애를 끝막고 문득 졸(卒)하다. 향년 만 이십오 세와 십일 개월. 명호라! 상심커다. 허탈이야 잔존하는 또 하나의 이상 구천을 우러러 호곡(號哭)하고 이 한산 일편석(寒山一片石)을 세우노라. 애인 정희는 그대의 몰후(歿後) 수삼인(數三人)의 비첩(秘妾)된 바 있고 오히려 장수하니 지하의 이상 아! 바라건댄 명목(瞑目)하라.

그리 칠칠치는 못하나마 이만큼 해가지고 이 꼴 저 꼴 구지레한 흠집을 살짝 도회(韜晦)하기로 하자. 고만 실수는 여상(如上)의 묘기로 겸사겸사 메꾸고 다시 나는 내 반생의 진용(陳容) 후일에 관해 차근차근 고려하기로 한다. 이상(以上).

역대의 에피그람과 경국(傾國)의 철칙이 다 내에 있어서는 내 위선을 암장(暗葬)하는 한 스무드한 구실에 지나지 않는다. 실

로 나는 내 낙명(落命)의 자리에서도 임종의 합리화를 위하여 코로—처럼 도색(桃色)의 팔렛을 볼 수도 없거니와 톨스토이처럼 탄식해주고 싶은 쥐꼬리만 한 금언의 추억도 가지지 않고 그냥 난데없이 다리를 삐어 넘어지듯이 스르르 죽어가리라.

거룩하다는 칭호를 휴대하고 나를 찾아오는 '연애(戀愛)'라는 것을 응수하는 데 있어서도 어디서 어떤 노소간의 의뭉스러운 선인들이 발라먹고 내어버린 그런 유훈(遺訓)을 나는 헐값에 걸어 들여다가 제련(製鍊) 재탕(再湯) 다시 써먹는다는 줄로만 알았다가도 또 내게 혼나는 경우가 있으리라.

나는 찬밥 한 술 냉수 한 모금을 먹고도 넉넉히 일세를 위압할 만한 '고언(苦言)'을 적적할 수 있는 그런 지혜의 실력을 가졌다.

그러나 자의식의 절정 위에 발돋움을 하고 올라선 단말마의 비결을 보통 야시(夜市) 국수 버섯을 팔러오신 시골 아주먼네에게 서너 푼에 그냥 넘겨주고 그만두는 그렇게까지 자신의 에티겟을 미화시키는 겸허(謙虛)의 방식도 또한 나는 무루(無漏)히 터득하고 있는 것이다. 당목(堂目)할지어다. 이상(以上).

난마(亂麻)와 같이 갈피를 잡을 수 없는 얼마간 비극적인 자기 탐구.

이런 흑발 같은 남루한 주제는 문벌이 버젓한 나로서 채택할 신세가 아니거니와 나는 태서(泰西)의 에티켓으로 차 한 잔을 마실 적의 포—즈에 대하여도 세심하고 세심한 용의(用意)가 필요하다.

휘파람 한 번을 분다 치더라도 네 극비리(極秘裏)에 정선(精選) 은닉(隱匿)된 절차를 온고(溫古) 하여야만 한다. 그런 다음이 아니고는 나는 희망 잃은 황혼에서도 휘파람 한마디를 마음대로 불 수는 없는 것이다.

동물에 대한 고결한 지식?

사슴, 물오리, 이 밖의 어떤 종류의 동물도 내 애니멀 킹돔에서는 낙탈(落脫)되어 있어야 한다. 나는 이 수렵용(狩獵用)으로 귀여히 가여히 되어 먹어 있는 동물 외에 동물에 언제든지 무가내하(無可奈何)로 무지하다.

또—

그럼 풍경에 대한 방만한 처신법?

어떤 풍경을 묻지 않고 풍경의 근원, 중심, 초점이 말하자면 나 하나 '도련님'다운 소행(素行)에 있어야 할 것을 방약무인(傍若無人)으로 강조한다. 나는 이 맹목적 신조를 두 눈을 그대로 딱 부르감고 믿어야 된다.

자진(自進)한 '우매(愚昧)' '몰각(歿覺)'이 참 어렵다.

보아라. 이 자득하는 우매의 절기(絶技)를! 몰각의 절기를,

백구(白鷗)는　의백사(宜白沙)하니　막부춘초벽(莫赴春草碧)하라.

이태백(李太白). 이 전후 만고(前後萬古)의 으리의리한 '화족(華族)'. 나는 이태백을 닮기도 해야 한다. 그렇기 위하여 오언절구(五言絶句) 한 줄에서도 한 자가량의 태연자약(泰然自若)한 실수를 범해야만 한다. 현란한 문벌이 풍기는 가히 범할 수 없는 기품과 세도(勢道)가 넉넉히 고시(古詩) 한 절쯤 서슴지 않고 생채기를 내어놓아도 다들 어수룩한 체들 하고 속느니 하는 교만한 미신이다.

곱게 빨아서 곱게 다리미질을 해 놓은 한 벌 슈미—즈의 꼽박 속는 청절(淸節)처럼 그렇게 아담하게 나는 어떠한 질차(跌蹉)에서도 거뜬하게 얄미운 미소와 함께 일어나야만 하는 것이니까—

오늘날 내 한 씨족이 분명치 못한 소녀에게 섣불리 딴죽을 걸려 넘어진다기로서니 이대로 내 숙망(宿望)의 호화 유려(豪華流麗)한 종생을 한 방울 하잘것없는 오점을 내이는 채 투시(投匙)해서야 어찌 초지(初志)의 만일의 응답할 수 있는 면목이 족히

서겠는가, 하는 허울 좋은 구실이 영일(永日) 밤보다도 오히려
한 뼘 짧은 내 전정(前程)에 대두하기 시작하는 것이었다.

완만 착실한 서술(敍述)!

나는 과히 눈에 띠울 성싶지 않은 한 지점을 재재바르게 붙
들어서 거기서 공중 담배를 한 갑 사 (주머니에 넣고) 피워 물고
정희의 뻔―한 걸음을 다시 뒤따랐다.

나는 그저 일상의 다반사(茶飯事)를 간과하듯이 범연(凡然)하
게 휘파람을 불고, 내, 구두 뒤축이 아스팔트를 디디는 템포 음
향, 이런 것들의 귀찮은 조절에도 깔끔히 정신차리면서 넉넉잡
고 삼 분, 다시 돌친 걸음은 정희와 어깨를 나란히 걸을 수 있었
다. 부질없는 세상에 제 심각하면 침통하면 또 어쩌겠느냐는 듯
싶은 서운한 눈의 위치를 동소문 밖 신개지 풍경(新開地風景)
어디라고 정(定)치 않은 한 점에 두어 두었으니 보라는 듯한 부
득부득 지근거리는 자세면서도 또 그렇지도 않을 성싶은 내 묘
기 중에도 묘기를 더한층 허겁지겁 연마하기에 골돌하는 것이
었다.

일모(日暮)청산―

날은 저물었다. 아차! 아직 저물지 않은 것으로 하는 것이 좋
을까 보다.

날은 아직 저물지 않았다.

그러면 아까 장만해둔 세간 기구를 내세워 어디 차근차근 살림살이를 한번 치뤄볼 천우(天佑)의 호기(好機)가 내 앞으로 다다랐나 보다. 자—

태생은 어길 수 없어 비천한 '티'를 감추지 못하는 딸—

(전기[前記] 치사[侈奢]한 소녀 운운[云云]은 어디까지든지 이 바보 이상의 호의에서 나온 곡해다. 모—파쌍의 「지방 덩어리」를 생각하자. 가족은 미만 십사 세의 딸에게 매음[賣淫]시켰다. 두 번째는 미만 십구 세의 딸이 자진했다. 아— 세 번째는 그 나이 스물두 살이 되던 해 봄에 얹은 낭자를 내리우고 게다 다홍 댕기를 들여 늘어뜨려 편발처자[處子]를 위조하여는 대거하여 강행으로 매끽[賣喫]하여 버렸다.)

비천한 뉘집 딸이 해빙기의 시냇가에 서서 입술이 낙화 지듯 좀 파래지면서 박빙 밑으로는 무엇이 저리도 움직이는가고 고개를 갸웃거리는 듯이 숙이고 있는데 봄 방향을 품은 훈풍이 불어와서 스커—트, 아니 너무나, 슬퍼 보이는, 아니, 좀 슬퍼 보이는 홍발(紅髮)을 건드리면—

좀 슬퍼 보이는 홍발을 나붓나붓 건드리면—

여상(如上)이다. 이 개기름 도는 가소로운 무대를 앞에 두고

나는 나대로 나다웁게 가문이라는 자자레한 '투(套)'는 어떤 일이 있더라도 잊어버리지 않고 채석장 희멀건 단층을 건너다보면서 탄식 비슷이

"지구를 저며내는 사람들은 광시(光是) 자연 파괴자리라"는 둥

"개아미집이야말로 과연 정연(整然)하구나"라는 둥

"비가 오면, 아― 천하에 비가 오면."

"작년에 났던 초목이 올해에도 또 돋으려누, 귀불귀(歸不歸)란 무엇인가"라는 둥―

치레 잘 하면 제법 의젓스러워도 보일 만한 가장 한산한 과제로만 골라서 점잖게 방심해 보여놓는다.

정말일까? 거짓말일까. 정희가 불쑥 말을 한다. 한 소리가 "봄이 이렇게 왔군요" 하고 웃니는 좀 사이가 벌어져서 보기 흉한 듯하니까 살짝 가리고 곱다고 자처하는 아랫니를 보이지 않으려고 했지만 부지불식간에 그렇게 내어다보인 것을 또 어쩝니까 하는 듯싶이 가증하게 내어 보이면서 또 여간해서 어림이 서지 않는 어중간한 얼굴을 그 위에 얹어 내세우는 것이었다.

좋아, 좋아, 좋아, 그만하면 잘되었어.

나는 고개 대신에 단장을 *끄덕끄덕*해 보이면서 창졸간에 그

만 정희 어깨 위에다 손을 얹고 말았다.

그랬더니 정희는 저으기 해괴해 하노라는 듯이 잠시는 묵묵하더니—

정희도 문벌이라든가 혹은 간단히 말해 에티켓이라든가 제법 배워서 짐작하노라고 속삭이는 것이 아닌가.

꿀꺽!

넘어가는 내 지지한 종생, 이렇게도 실수가 허(許)해서야 물질적 전 생애를 탕진해 가면서 사수하여온 산호편(珊瑚篇)의 본의가 대체 어디 있느냐? 내내 울화가 복받쳐 혼도(昏倒)할 것 같다.

흥천사(興天寺) 으슥한 구석방에 내 종생의 갈력(竭力)이 정희를 이끌어 들이기도 전에 나는 밤 쓸쓸히 거짓말깨나 해놓았나 보다.

나는 내가 그윽히 음모한 바 천고불역(千古不易)의 탕아(蕩兒), 이상의 자자레한 문학의 빈민굴을 교란시키고자 하던 가지가지 진기(珍奇)한 연장이 어느 겨를에 빼물르기 시작한 것을 여기서 깨단해야 되나 보다. 사회는 어떠쿵, 도덕이 어떠쿵, 내면적 성찰 추구 적발 징벌은 어떠쿵, 자의식 과잉이 어떠쿵, 제 깜냥에 번지레한 칠을 해 내어걸은 치사스러운 간판들이 미상

불(未嘗不) 우스꽝스럽기가 그지없다.

'독화(毒花)'

족하는 이 꼭두각시 같은 어휘 한마디를 잠시 맡아가지고 게
서보구료?

예술이라는 허망한 아궁지 근처에서 송장 근처에서보다도 한
결 더 썰썰 기고 있는 그들 해반주룩한 사도(死都)의 혈족들 땟
국내 나는 틈에 가 낑기워서, 나는─

내 계집의 치마 단속곳을 갈갈이 찢어놓았고, 버선 켤레를 걸
레를 만들어 놓았고, 검던 머리에 곱던 양자, 영악한 곰의 발자
국이 질컥 디디고 지나간 것처럼 얼굴을 망가뜨려 놓았고, 지기
친척(知己親戚)의 돈을 뭉청 떼어먹었고, 좌수터 유래 깊은 상호
(商號)를 쑥밭을 만들어 놓았고, 겁쟁이 취리자(取利者)는 고랑
떼를 먹여놓았고, 대금업자의 수금인을 졸도시켰고, 사장과 취
체역(取締役)과 사둔과 아범과 애비와 처남과 처제와 또 애비와
애비의 딸과 딸이 허다중생(許多衆生)으로 하여금 서로서로 이
간을 부치고 부치게 하고 얼버무려져 싸움질을 하게 해놓았고
삭월세방(貰房) 새 다다미에 잉크와 요강과 팥죽을 엎질렀고,
누구누구를 임포텐스를 만들어 놓았고─

'독화'라는 말의 콕 찌르는 맛을 그만하면 어렴풋이나마 어떻

게 짐작이 서는가 싶소이까.

잘못 빚은 증(蒸)편 같은 시(詩) 몇 줄 소설 서너 편을 꾀어차고 조촐하게 등장하는 것을 아 무엇인 줄 알고 깜박 속고 섣불리 손뼉을 한두 번 쳤다는 죄로 제 계집 간음당한 것보다도 더 큰 망신을 일신에 짊어지고 그러고는 앙탈 비슷이 시치미를 떼지 않으면 안 되는 어디까지든지 치사스러운 예의 절차(禮儀節次)—마귀(魔鬼)(터주가)의 소행(所行)(덧났다)이라고 돌려버리자?

'독화'

물론 나는 내일 새벽에 내 길들은 노상에서 무려(無慮) 내게 필적하는 한 숨은 탕아를 해후(邂逅)할는지도 마치 모르나, 나는 신바람이 난 무당처럼 어깨를 치켰다 젖혔다 하면서라도 풍마우세(風磨雨洗)의 고행을 얼른 그렇게 쉽사리 그만두지는 않는다. 아— 어쩐지 전신이 몹시 가렵다. 나는 무연(無緣)한 중생의 뭇 원한 탓으로 악역의 범함을 입나 보다. 나는 은근히 속으로 앓으면서 토일렛 정한 대야에다 양손을 정하게 씻은 다음 내 자리로 돌아와 앉아 차근차근 나 자신을 반성 회오(悔悟)—쉬운 말로 자자레한 셈을 좀 놓아 보아야겠다.

에티켓? 문벌? 양식? 번신술(番身術)?

그렇다고 내가 찔끔 정희 어깨 위에 얹었던 손을 뚝 떼인다든지 했다가는 큰 망발이다. 일을 잡치리라. 어디까지든지 내 뺨의 홍조만을 조심하면서 좋아, 좋아, 좋아, 그래만 주면 된다. 그러고 나서 피차 다 알아들었다는 듯이 어깨에 손은 얹은 채 어깨를 나란히 흥천사(興天寺) 경내로 들어갔다. 가서 길을 별안간 잃어버린 것처럼 자분참 산 위로 올라가 버린다. 산 위에서 이번에는 정말 포―즈를 할 일 없이 무너뜨렸다는 것처럼 정교하게 머뭇머뭇해 준다. 그러나 기실 말짱하다.

풍경 소리가 똑 알맞다. 이런 경우에는 제법 번듯한 식자(識字)가 있는 사람이면―

아― 나는 왜 늘 항례(恒例)에서 비켜서려 드는 것일까? 잊었느냐? 비싼 월사(月謝)를 바치고 얻은 고매한 학문과 예절을.

현역 육군 중좌에게서 받은 추상열일(秋霜烈日)의 훈육을 왜 나는 이 경우에 버젓하게 내세우지를 못하느냐?

창연한 고찰(古刹) 유루(遺漏) 없는 장치에서 나는 정신차려야 한다. 나는 내 쟁쟁한 이력을 솔직하게 써먹어야 한다. 나는 고개를 숙이고 담배를 한 대 피워 물고 도장에 들어가는 소, 죽기보다 싫은 서투르고 근질근질한 포―즈 체모 독주(體貌獨奏)에 어지간히 성공해야만 한다. 그랬더니 그만두잔다. 당신의 그

어림없는 몸치렐랑 그만두세요. 저는 어지간히 식상(食傷)이 되었읍니다 한다.

그렇다면?

내 꾸준한 노력도 일조일석(一朝一夕)에 수포로 돌아가는 것이 아닌가.

대체 정희라는 가련한 '석녀(石女)'가 제 어떤 재간으로 그런 음흉한 내 간계(奸計)를 요만큼까지 간파했다는 것이다.

일시에 기진(氣盡)한다. 맥은 탁 풀리고는 앞이 팽 돌다 아찔하는 것이 이러다가 까무러치려나 보다고 극력(極力) 단장을 의지하여 버텨 보노라니까 희(噫)라! 내 기사회생의 종생도 이번만은 회춘하기 장히 어려울 듯싶다.

이상! 당신은 세상을 경영할 줄 모르는 말하자면 병신이오. 그다지도 '미혹(迷惑)'하단 말씀이오? 건너다 보니 절터지요? 그렇다 하더라도 『카라마죠프의 형제』나 『사십 년』을 좀 구경 삼아 들러 보시지요.

아니지! 정희! 그게 뭐냐 하면 나도 살고 있어야 하겠으니 너도 살자는 사기, 속임수, 일부러 만들어 내어놓은 미신, 중에도 가장 우수한 무서운 주문이오.

이상! 그러지 말고 시험 삼아 한 발만 한 발자국만 저 개흙밭

에다 들여놓아 보시지요.

이 악보같이 스무—드한 담소 속에서 비철비철하노라면 나는 내게 필적하는 천의무봉(天衣無縫)의 탕아가 이 목첩(目睫) 간에 있는 것을 느낀다. 누구나 제 내어놓았던 협수룩한 포—즈를 걷어치우느라고 허겁지겁들 할 것이다. 나도 그때 내 슬하의 이렇게 유산되는 자손을 느끼면서 만재(萬載)에 드리우는 이 극흉 극비 종가(宗家)의 부(符)작을 앞에 놓고서 저으기 불안하게 또 한편으로는 저으기 안일하게 운명하는 마지막 낙백(落魄)의 이 내 종생을 애오라지 방불히 하는 것이었다.

나는 내 분묘(墳墓)될 만한 조촐한 터전을 찾는 듯한 그런 서글픈 마음으로 정희를 재촉하여 그 언덕을 내려왔다. 등 뒤에 들리는 풍경 소리는 진실로 내 심통함을 도웁는 듯하다고 사자(寫字)하면 정경(情景)을 한층 더 반듯하게 매만져놓는 한 도움이 되리라. 그럼 진실로 풍경 소리는 내 등 뒤에서 내 마지막 심통함을 한층 더 들볶아놓는 듯하더라.

미문에 견줄 만큼 위태위태한 것이 절승(絶勝)에 혹사(酷似)한 풍경이다. 절승에 혹사한 풍경을 미문으로 번안(飜案) 모사(模寫)해 놓았다면 자칫 실족 익사하기 쉬운 웅덩이나 다름없는 것이니 첨위(僉位)는 아예 가까이 다가서서는 안 된다. 도스토

예프스키—나 고리키—는 미문을 쓰는 버릇이 없는 체했고 또 황량, 아담한 경치를 '취급'하지 않았으되 이 의뭉스러운 어른들은 오직 미문은 쓸 듯 쓸 듯, 절승경개(絕勝景槪)는 나올 듯 나올 듯, 해만 보이고 끝끝내 아주 활짝 꼬랑지를 내보이지는 않고 그만둔 구렁이 같은 분들이기 때문에 그 기만술(欺瞞術)은 한층 더 진보된 것이며, 그런 만큼 효과가 또 절대하여 천 년을 두고 만 년을 두고 내리내리 부질없는 위무(慰撫)를 바라는 중속(衆俗)들을 잘 속일 수 있는 것이다. 그러나— 왜 나는 미끈하게 솟아 있는 근대 건축의 위용(偉容)을 보면서 먼저 철근 철골, 시멘트와 세사(細砂), 이것부터 선뜩하니 감응하느냐는 말이다.

씻어버릴 수 없는 숙명의 호곡(號哭), 몽고레안푸렉게(몽고지[蒙古志]) 오뚝이처럼 쓰러져도 일어나고 쓰러져도 일어나고 하니 쓰러지나 섰으나 마찬가지 의지할 얄팍한 벽 한 조각 없는 고독, 고고(枯槁), 독개(獨介), 초초(楚楚).

나는 오늘 대오(大悟)한 바 있어 미문을 피하고 절승(絕勝)의 풍광을 격하여 소조(蕭條)하게 왕생(往生)하는 것이며 숙명의 슬픈 투시벽(透視癖)은 깨끗이 벗어놓고 온아 종용(溫雅從漡), 외로우나마 따뜻한 그늘 안에서 실명(失命)하는 것이다.

의료(意料)하지 못한 이 홀홀(忽忽)한 '종생' 나는 요절인가

보다. 아니 중세 최절(中世崔折)인가 보다, 이길 수 없는 육박(肉
迫), 눈 멀은 떼까마귀의 매언(罵言) 속에서 탕아 중에도 탕아
술객(術客) 중에도 술객, 이 난공불락의 관문의 괴멸, 구세주의
최후연(最後然)히 방방곡곡이 여독(餘毒)은 삼투하는 장식 중에
도 허식(虛飾)의 표백(表白)이다. 출색(出色)의 표백이다.

내부(乃夫)가 있는 불의. 내부가 없는 불의, 불의는 즐겁다.
불의의 주가락락(酒價落落)한 풍미를 족하는 아시나이까. 웃니
는 좀 잇새가 벌고 아랫니만이 고운 이 한경(漢鏡)같이 결함의
미를 갖춘 깜쩍스럽게 새치미를 뗄 줄 아는 얼굴을 보라. 칠 세
까지 옥잠화(玉簪花) 속에 감춰두었던 장분(粉)만을 바르고 그
후 분을 바른 일도 세수를 한 일도 없는 것이 유일의 자랑거리.
정희는 사팔뜨기다. 이것은 무엇으로도 대항하기 어렵다. 정희
는 근시 육도(近視六度)다. 이것은 무엇으로도 대항할 수 없는
선천적 훈장이다. 좌난시 우색맹(左亂視右色盲) 아— 이는 실로
완벽이 아니면 무엇이랴.

속은 후에 또 속았다. 또 속은 후에 또 속았다. 미만 십사 세
에 정희를 그 가족이 강행으로 매춘시켰다. 나는 그런 줄만 알
았다. 한 방울 눈물—

그러나 가족이 강행하였을 때쯤은 정희는 이미 자진하여 매

춘한 후 오래오래 후다. 다홍 댕기가 늘 정희 등에서 나부꼈다. 가족들은 불의에 올 재앙을 막아줄 단 하나 값나가는 다홍 댕기를 기탄없이 믿었건만—

그러나—

불의는 귀인답고 참 즐겁다. 간음한 처녀—이는 불의 중에도 가장 즐겁지 않을 수 없는 영원의 밀림이다.

그럼 정희는 게서 멈추나?

나는 자기 소개를 한다. 나는 정희에게 분모(分毛)를 지기 싫기 때문에 잔인한 자기 소개를 하는 것이다.

나는 벼(도[稻])를 본 일이 없다. 자전차를 탈 줄 모른다. 생년월일을 가끔 잊어버린다. 구십 노조모가 이팔소부(二八少婦)로 어느 하늘에서 시집온 십대조(十代祖)의 고성(古城)을 내 손으로 헐었고 녹엽 천 년(綠葉千年)의 호도나무 아름드리 근간을 내 손으로 베었다. 은행나무는 원통한 가문을 골수에 지니고 찍혀 넘어간 뒤 장장 사 년 해마다 봄만 되면 독시 같은 싹이 엄돋는 것이었다.

나는 그러나 이 모든 것에 견뎠다. 한번 석류나무를 휘어잡고 나는 폐허를 나섰다.

조숙(早熟) 난숙(爛熟) 감(시[枾]) 썩는 골머리 때리는 내. 생

사의 기로에서 완이이소(莞爾而笑), 표한무쌍(剽悍無雙)의 요구(療軀) 음지에 창백한 꽃이 피었다.

나는 미만 십사 쩍에 수채화를 그렸다. 수채화와 파과(破瓜). 보아라 목저(木著)같이 야윈 팔목에서는 삼동(三冬)에도 김이 무럭무럭 난다. 김 나는 팔목과 잔털 나스르르한 매춘하면서 자라나는 회충(蛔蟲)같이 매혹적인 살결. 사팔뜨기와 내 흰자위 없는 짝짝이 눈. 옥잠화(玉簪花) 속에서 나오는 기술(奇術) 같은 석일(昔日)의 화장과 화장 전폐(全廢), 이에 대항하는 내 자전차 탈 줄 모르는 아슬아슬한 천품(天稟). 다홍 댕기에 불의와 불의를 방임하는 속수무책의 나태.

심판이여! 정희에 비교하여 내게 부족함이 너무나 많지 않소이까?

비등 비등? 나는 최후까지 싸워보리라.

홍천사 으슥한 구석방 한 간 방석 두 개 화로 한 개. 밥상 술상—

접전(接戰) 수십합(數十合). 좌충우돌. 정희의 허전한 관문을 나는 노사의 힘으로 들이친다. 그러나 돌아오는 반발의 흉기는 갈 때보다도 몇 배나 더 큰 힘으로 나 자신의 손을 시켜 나 자신을 살상한다.

지느냐. 나는 그럼 지고 그만두느냐.

나는 내 마지막 무장을 전장에 내어세우기로 하였다. 그것은 곧 주란(酒亂)이다.

한 몸을 건사하기조차 어려웠다. 나는 게울 것만 같았다. 나는 게웠다. 정희 스카—트에다. 정희 스턱킹에다.

그러고도 오히려 나는 부족했다. 나는 일어나 춤추었다. 그리고 그 방 뒤 쌍창(雙窓) 미닫이를 열어제치고 나는 예서 떨어져 죽는다고 마지막 한 벌 힘만을 아껴 남기고는 나머지 있는 힘을 다하여 난간을 잡아 흔들었다. 정희는 나를 붙들고 말린다. 말리는 데 안 말리는 것도 같았다. 나는 정희 스카—트를 잡아 제쳤다. 무엇인가 철썩 떨어졌다. 편지다. 내가 집었다. 정희는 모른 체한다.

속달(速達)(S와도 절연한 지 벌써 다섯 달이나 된다는 것은 선생님께서도 믿어주시는 바지요? 하던 S에게서다).

정희! 노하였소. 어젯밤 태서관(泰西館) 별장의 일! 그것은 결코 내 본의는 아니었소. 나는 그 요구를 하려 정희를 그곳까지 데리고 갔던 것은 아니오. 내 불민(不憫)을 용서하여 주기 바라오. 그러나 정희가 뜻밖에도 그렇게까지 다소곳한 태도를 보여

주었다는 것으로 저으기 자위를 삼겠소. 정희를 하루라도 바삐 나 혼자만의 것을 만들어 달라는 정희의 열렬한 말을 물론 나는 잊어버리지는 않겠소. 그러나 지금 형편으로는 '아내'라는 저 추물(醜物)을 처치하기가 정희가 생각하는 바와 같이 그렇게 쉬운 일은 아니오. 오늘(삼 월 삼 일) 오후 여덟 시 정각에 금화장(金華莊) 주택지 그때 그 자리에서 기다리고 있겠소. 어제 일을 사과도 하고 싶고 달이 밝을 듯하니 송림(松林)을 거닙시다. 거닐면서 우리 두 사람만의 생활에 대한 설계(設計)도 의논하여 봅시다.

삼 월 삼 일 아침 S

내가 속달을 띄우고 나서 곧 뒤이어 받은 속달이다.

모든 것은 끝났다. 어젯밤에 정희는—

그 낮으로 오늘 정희는 내게 이상 선생님께 드리는 속달을 띄우고 그 낮으로 또 나를 만났다. 공포에 가까운 번신술(飜身術)이다. 이 황홀한 전율을 즐기기 위하여 정희는 무고(無辜)의 이상을 징발했다. 나는 속고 또 속고 또 또 속고 또 또 또 속았다.

나는 물론 그 자리에 혼도하여 버렸다. 나는 죽었다. 나는 황천(黃泉)을 헤매었다. 명부(冥府)에는 달이 밝다. 나는 또다시

눈을 감았다. 태허(太虛)에 소리 있어 가로대 너는 몇 살이뇨?
만 이십오 세와 십일 개월이올씨다. 요사(夭死)로구나. 아니올
씨다. 노사(老死)올씨다.

눈을 다시 떴을 때는 거기 정희는 없다. 물론 여덟 시가 지난
뒤였다. 정희는 그리 갔다. 이리하여 나의 종생은 끝났으되 나
의 종생기는 끝나지 않는다. 왜?

정희는 지금도 어느 빌딩 걸상 위에서 듀로워즈의 끈을 푸르
는 중이오, 지금도 어느 태서관 별장 방석을 비이고 듀로워즈의
끈을 푸르는 중이오, 지금도 어느 송림 속 잔디 벗어놓은 외투
위에서 듀로워즈의 끈을 성히 푸르는 중이니까다.

이것은 물론 내가 가만히 있을 수 없는 재앙이다.

나는 이를 간다.

나는 걸핏하면 까무러친다.

나는 부글부글 끓는다.

그러나 지금 나는 이 철천의 원한에서 슬그머니 좀 비켜서고
싶다. 내 마음의 따뜻한 평화 따위가 다 그리워졌다.

즉 나는 시체다. 시체는 생존하여 계신 만물의 영장을 향하여
질투할 자격도 능력도 없는 것이라는 것을 나는 깨닫는다.

정희, 간혹 정희의 후틋한 호흡이 내 묘비에 와 슬쩍 부딪는

수가 있다. 그런 때 내 시체는 홍당무처럼 확끈 달으면서 구천을 꿰뚫어 슬피 호곡한다.

그동안에 정희는 여러 번 제(내 때꼽째기도 묻은) 이부자리를 찬란한 일광 아래 널어 말렸을 것이다. 누누(累累)한 이 내 혼수 덕으로 부디 이 내 시체에서도 생전의 슬픈 기억이 창궁(蒼穹) 높이 훨훨 날아가나 버렸으면—

나는, 지금 이런 불쌍한 생각도 한다. 그럼—

—만 이십육 세와 삼십 개월을 맞이하는 이상 선생님이여! 허수아비여!

자네는 노옹(老翁)일세. 무릎이 귀를 넘는 해골일세. 아니, 아니.

자네는 자네의 먼 조상일세. 이상(以上).

십일 월 이십 일 동경(東京)서

실
화

1

사람이
비밀이 없다는 것은 재산 없는 것처럼 가난하고 허전한 일
이다.

2

꿈— 꿈이면 좋겠다. 그러나 나는 자는 것이 아니다. 누운 것
도 아니다.

앉아서 나는 듣는다. (십이 월 이심삽 일)

"언더 더 워치— 시계 아래서 말이에요, 파이브 타운스— 다
섯 개의 동리란 말이지요. 이 청년은 요 세상에서 담배를 제일
좋아합니다— 기다랗게 꾸부러진 파이프에다가 향기가 아주 높
은 담배를 피워 빽— 빽— 연기를 풍기고 앉았는 것이 무엇보다
도 낙이었답니다."

(내야말로 동경 와서 쓸데없이 담배만 늘었지. 울화가 푹— 치밀을 때 저— 폐까지 쭉— 연기나 들이켜지 않고 이 발광할 것 같은 심정을 억제하는 도리가 없다)

"연애를 했어요! 고상한 취미—우아한 성격—이런 것이 좋았다는 여자의 유서예요— 죽기는 왜 죽어— 선생님— 저 같으면 죽지 않겠습니다. 죽도록 사랑할 수 있나요—있다지요. 그렇지만 저는 모르겠어요."

(나는 일찍이 어리석었더니라. 모르고 연[姸]이와 죽기를 약속했더니라. 죽도록 사랑했건만 면회가 끝난 뒤 대략 이십 분이나 삼십 분만 지나면 연이는 내가 '설마' 하고만 여기던 S의 품 안에 있었다)

"그렇지만 선생님— 그 남자의 성격이 참 좋아요. 담배도 좋고 목소리도 좋고— 이 소설을 읽으면 그 남자의 음성이 꼭— 웅얼웅얼 들려오는 것 같아요. 이 남자가 같이 죽자면 그때 당해서는 또 모르겠지만 지금 생각 같아서는 저도 죽을 수 있을 것 같아요. 선생님 사람이 정말 죽을 수 있도록 사랑할 수 있나요? 있다면 저도 그런 연애 한번 해 보고 싶어요."

(그러나 철부지 C양이여. 연이는 약속한 지 두 주일 되는 날 죽지 말고 우리 살자고 그럽디다. 속았다. 속기 시작한 것은 그

때부터다. 나는 어리석게도 살 수 있을 것을 믿었지. 그뿐인가.
연이는 나를 사랑하노라고까지)

　“공과(功課)는 여기까지밖에 안 했어요— 청년이 마지막에는
— 멀리 여행을 간다나 봐요. 모든 것을 잊어버리려고.”

　(여기는 동경이다. 나는 어쩔 작정으로 여기 왔나? 적빈[赤
貧]이 여세[如洗]—콕토가 그랬느니라—재주 없는 예술가야 부
질없이 네 빈곤을 내세우지 말라고. 아— 내게 빈곤을 팔아먹는
재주 외에 무슨 기능이 남아 있누. 여기는 간다쿠 진보초[神田區
神保町], 내가 어려서 제전[帝展] 이과[二科]에 하가키[엽서] 주
문하던 바로 게가 예다. 나는 여기서 지금 앓는다)

　“선생님! 이 여자를 좋아하십니까— 좋아하시지요— 좋아요
— 아름다운 죽음이라고 생각해요— 그렇게까지 사랑을 받는
— 남자는 행복되지요— 네— 선생님— 선생님 선생님.”

　(선생님 이상[李箱] 턱에 입 언저리에 아— 수염이 숱하게도
났다. 좋게도 자랐다)

　“선생님— 뭘— 그렇게 생각하십니까— 네— 담배가 다 탔
는데— 아이— 파이프에 불이 붙으면 어떻게 합니까— 눈을 좀
— 뜨세요. 이야기는 끝났습니다. 네— 무슨 생각 그렇게 하셨
나요.”

(아— 참 고운 목소리도 다 있지. 십 리나 먼— 밖에서 들려오는— 값비싼 시계 소리처럼 부드럽고 정확하게 윤택이 있고— 피아니시모—꿈인가. 한 시간 동안이나 나는 스토리보다는 목소리를 들었다. 한 시간—한 시간같이 길었지만 십 분—나는 졸았나? 아니 나는 스토리를 다 외운다. 나는 자지 않았다. 그 흐르는 듯한 연연한 목소리가 내 감관[感官]을 얼싸안고 목소리가 졌다)

꿈—꿈이면 좋겠다. 그러나 나는 잔 것도 아니요 또 누웠던 것도 아니다.

3

파이프에 불이 붙으면?

끄면 그만이지. 그러나 S는 껄껄— 아니 빙그레 웃으면서 나를 타이른다.

"상(箱)! 연이와 헤어지게. 헤어지는 게 좋을 것 같으니. 상이 연이와 부부? 라는 것이 내 눈에는 똑 부러 그러는 것 같아서 못

보겠네.”

“거 어째서 그렇다는 건가.”

이 S는, 아니 연이는 일찍이 S의 것이었다. 오늘 나는 S와 더불어 담배를 피우면서 마주 앉아 담소할 수 있었다. 그러면 S와 나 두 사람은 친우였던가.

“상! 자네 ‘EPIGRAM(경구)’이라는 글 내 읽었지. 한 번—허허—한 번. 상! 상의 서푼짜리 우월감이 내게는 우스워 죽겠다는 걸세. 한 번? 한 번—허허—한 번.”

“그러면(나는 실신할 만치 놀란다) 한 번 이상—몇 번. S! 몇 번인가.”

“그저 한 번 이상이라고만 알아 두게나그려.”

꿈—꿈이면 좋겠다. 그러나 시월 이십삼 일부터 시월 이십사 일까지 나는 자지 않았다. 꿈은 없다.

(천사는—어디를 가도 천사는 없다. 천사들은 다 결혼해 버렸기 때문에다.)

이십삼 일 밤 열 시부터 나는 가지가지 재주를 다 피워가면서 연이를 고문했다.

이십사 일 동이 훤—하게 터올 때쯤에야 연이는 겨우 입을 열었다. 아! 장구한 시간!

“첫 번— 말해라.”

“인천 어느 여관.”

“그건 안다. 둘째 번— 말해라.”

“……”

“말해라.”

“N빌딩 S의 사무실.”

“셋째 번— 말해라.”

“……”

“말해라.”

“동소문 밖 음벽정.”

“넷째 번— 말해라.”

“……”

“말해라.”

“……”

“말해라.”

머리맡 책상 서랍 속에는 서슬이 퍼런 내 면도칼이 있다. 경동맥을 따면— 요물은 선혈이 댓줄기 뻗치듯 하면서 급사하리라. 그러나—

나는 일찌감치 면도를 하고 손톱을 깎고 옷을 갈아입고 그리

고 예년 시월 이십사 일경에는 사체가 며칠 만이면 썩기 시작하는지 곰곰 생각하면서 모자를 쓰고 인사하듯 다시 벗어 들고 그리고 방—연이와 반년 침식을 같이 하던 냄새나는 방을 휘—둘러 살피자니까 하나 사다놓네 놓네 하고 기어이 뜻을 이루지 못한 금붕어도— 이 방에는 가을이 이렇게 짙었건만 국화 한 송이 장식이 없다.

4

그러나 C양의 방에는 지금— 고향에서는 스케이트를 지친다는데— 국화 두 송이가 참 싱싱하다.

이 방에는 C군과 C양이 산다. 나는 C양더러 '부인'이라고 그랬더니 C양은 성을 냈다. 그러나 C군에게 물어보면 C양은 '아내'란다. 나는 이 두 사람 중의 누구라고 정하지 않고 내 동경 생활이 하도 적막해서 지금 이 방에 놀러 왔다.

언더 더 워치—시계 아래서의 렉처(강의)는 끝났는데 C군은 조선 곰방대를 피우고 나는 눈을 뜨지 않는다. C양의 목소리는

꿈같다. 인토네이션이 없다. 흐르는 것같이 끊임없으면서 아주 조용하다.

나는 그만 가야겠다.

"선생님(이것은 실로 이상 옹을 지적하는 참담한 인칭대명사다) 왜 그러세요— 이 방이 기분이 나쁘세요? (기분? 기분이란 말은 필시 조선말은 아니리라) 더 놀다 가세요— 아직 주무실 시간도 멀었는데 가서 뭐 하세요? 네? 얘기나 하세요."

나는 잠시 그 계간유수(溪間流水) 같은 목소리의 주인 C양의 얼굴을 들여다본다. C군이 범과 같이 건강하니까 C양은 혈색이 없이 입술조차 파르스레하다. 이 오사게 라는 머리를 한 소녀는 내일 학교에 간다. 가서 언더 더 워치의 계속을 배운다.

사람이—

비밀이 없다는 것은 재산 없는 것처럼 가난하고 허전한 일이다.

강사는 C양의 입술이 C양이 좀 횟배를 앓는다는 이유 외에 또 무슨 이유로 조렇게 파르스레한가를 아마 모르리라.

강사는 맹랑한 질문 때문에 잠깐 얼굴을 붉혔다가 다시 제 지위의 현격히 높은 것을 느끼고 그리고 외쳤다.

"쪼꾸만 것들이 무얼 안다고—"

그러나 연이는 히힝 하고 코웃음을 쳤다. 모르기는 왜 몰라—

연이는 지금 방년이 이십, 열여섯 살 때 즉 연이가 여고 때 수신과 체조를 배우는 여가에 간단한 속옷을 찢었다. 그러고 나서 수신과 체조는 여가에 가끔 하였다.

여섯— 일곱— 여덟— 아홉— 열—

다섯 해—개 꼬리도 삼 년만 묻어두면 황모(黃毛)가 된다든가 안 된다든가 원—

수신 시간에는 학감 선생님, 할팽(割烹) 시간에는 올드 미스 선생님, 국문 시간에는 곰보딱지 선생님.

"선생님 선생님— 이 귀염성스럽게 생긴 연이가 엊저녁에 무엇을 했는지 알아내면 용하지."

흑판 위에는 '요조숙녀'라는 액(額)의 흑색이 임리(淋㻜)하다.

"선생님 선생님— 제 입술이 왜 요렇게 파르스레한지 알아맞히신다면 참 용하지."

연이는 음벽정(飮碧亭)에 가던 날도 R영문과에 재학 중이다. 전날 밤에는 나와 만나서 사랑과 장래를 맹세하고 그 이튿날 낮에는 기성과 호손을 배우고 밤에는 S와 같이 음벽정에 가서 옷을 벗었고 그 이튿날은 월요일이기 때문에 나와 같이 같은 동소

문 밖으로 놀러가서 베제(키스)했다. S도 K교수도 나도 연이가 엊저녁에 무엇을 했는지 모른다. S도 K교수도 나도 바보요, 연이만이 홀로 눈 가리고 야웅하는 데 희대의 천재다.

연이는 N빌딩에서 나오기 전에 WC라는 데를 잠깐 들르지 않으면 안 되었다. 나오면 남대문통 십오 간 대로 GO STOP의 인파.

"여보시오 여보시오, 이 연이가 저 이 층 바른편에서부터 둘째 S씨의 사무실 안에서 지금 무엇을 하고 나왔는지 알아맞히면 용하지."

그때에도 연이의 살결에서는 능금과 같은 신선한 생광(生光)이 나는 법이다. 그러나 불쌍한 이상 선생님에게는 이 복잡한 교통을 향하여 빈정거릴 아무런 비밀의 재료도 없으니 내가 재산 없는 것보다도 더 가난하고 싱겁다.

"C양! 내일도 학교에 가서야 할 테니까 일찍 주무서야지요."

나는 부득부득 가야겠다고 우긴다. C양은 그럼 이 꽃 한 송이 가져다가 방에다 꽂아 놓으란다.

"선생님 방은 아주 살풍경이라지요?"

내 방에는 화병도 없다. 그러나 나는 두 송이 가운데 흰 것을 달래서 윈편 깃에다가 꽂았다. 꽂고 나는 밖으로 나왔다.

5

국화 한 송이도 없는 방 안을 휘— 한 번 둘러보았다. 잘—하면 나는 이 추악한 방을 다시 보지 않아도 좋을 수도 있을까 싶었기 때문에 내 눈에는 눈물도 고일 밖에.

나는 썼다 벗은 모자를 다시 쓰고 나니까 그만하면 내 연이에게 대한 인사도 별로 유루(遺漏)없이 다 된 것 같았다.

연이는 내 뒤를 서너 발자국 따라왔던가 싶다. 그러나, 나는 예년 시월 이십사 일경에는 사체(死體)가 며칠 만이면 상하기 시작하는지 그것이 더 급했다.

"상! 어디 가세요?"

나는 얼떨결에 되는 대로,

"동경."

물론 이것은 허담이다. 그러나 연이는 나를 만류하지 않는다. 나는 밖으로 나갔다.

나왔으니, 자— 어디로 어떻게 가서 무엇을 해야 되누.

해가 서산에 지기 전에 나는 이삼 일 내로는 반드시 썩기 시작해야 할 한 개 '사체(死體)'가 되어야만 하겠는데, 도리는?

도리는 막연하다. 나는 십 년 긴— 세월을 두고 세수할 때마다 자살을 생각하여 왔다. 그러나 나는 결심하는 방법도 결행하는 방법도 아무것도 모르는 채다.

나는 온갖 유행약을 암송하여 보았다.

그러고 나서는 인도교, 변전소, 화신상회 옥상, 경원선 이런 것들도 생각해 보았다.

나는 그렇다고—정말 이 온갖 명사의 나열은 가소롭다—아직 웃을 수는 없다.

웃을 수는 없다. 해가 저물었다. 급하다. 나는 어딘지도 모를 교외에 있다. 나는 어쨌든 시내로 들어가야만 할 것 같았다. 시내—사람들은 여전히 그 알아볼 수 없는 낯짝들을 쳐들고 와글와글 야단이다. 가등이 안개 속에서 축축해한다. 영경(英京) 윤돈(倫敦)이 이렇다지—

6

NAUKA사가 있는 진보초 스즈란도(神保町 鈴蘭洞)에는 고

본(古本) 야시가 선다. 섣달 대목—이 스즈란도도 곱게 장식되었다. 이슬비에 젖은 아스팔트를 이리 디디고 저리 디디고 저녁 안 먹은 내 발길은 자못 창량(踉蹌)하였다. 그러나 나는 최후의 이십 전을 던져 타임스판 상용영어 사천 자라는 서적을 샀다. 사천 자—

사천 자면 많은 수효다. 이 해양(海洋)만 한 외국어를 겨드랑에 낀 나는 섣불리 배고파할 수도 없다. 아— 나는 배부르다.

진따—(옛날 활동사진 상설관에서 사용하던 취주악대) 진동야의 진따가 슬프다.

진따는 전원 네 사람으로 조직되었다. 대목의 한몫을 보려는 소백화점의 번영을 위하여 이 네 사람은 클라리넷과 코넷과 북과 소고(小鼓)를 가지고 선조 유신 당초에 부르던 유행가를 연주한다. 그것은 슬프다 못해 기가 막히는 가각풍경(街角風景)이다. 왜? 이 네 사람은 네 사람이 다 묘령의 여성들이더니라. 그들은 똑같이 진홍색 군복과 군모와 '꼭구마'를 장식하였더니라.

아스팔트는 젖었다. 스즈란도 좌우에 매달린 그 은방울꽃 모양 가등(街燈)도 젖었다. 클라리넷 소리도—눈물에—젖었다. 그리고 내 머리에는 안개가 자욱이 끼었다.

영국 윤돈이 이렇다지?

“이상!은 무슨 생각을 그렇게 하십니까?”

남자의 목소리가 내 어깨를 쳤다. 법정대학 Y군, 인생보다는 연극이 더 재미있다는 이다. 왜? 인생은 귀찮고 연극은 실없으니까.

“집에 갔더니 안 계시길래!”

“죄송합니다.”

“엠프레스에 가십시다.”

“좋─지요.”

ADVENTURE IN MANHATTAN에서 진 아서가 커피 한 잔 맛있게 먹더라. 크림을 타 먹으면 소설가 구보(仇甫) 씨가 그랬다─쥐 오줌내가 난다고. 그러나 나는 조엘 마크리 만큼은 맛있게 먹을 수 있었으니─MOZART의 41번은 「목성」이다. 나는 몰래 모차르트의 환술(幻術)을 투시하려고 애를 쓰지만 공복으로 하여 적이 어지럽다.

“신주쿠(新宿) 가십시다.”

“신주쿠라?”

“NOVA에 가십시다.”

“가십시다 가십시다.”

마담은 루바슈카. 노바는 에스페란토. 헌팅을 얹은 놈의 심

장을 아까부터 벌레가 연해 파먹어 들어간다. 그러면 시인 지용 (芝鎔)이여! 이상은 물론 자작의 아들도 아무것도 아니겠습니다 그려!

십이월의 맥주는 선뜩선뜩하다. 밤이나 낮이나 감방은 어둡다는 이것은 고리키의 「나그네」 구슬픈 노래, 이 노래를 나는 모른다.

7

밤이나 낮이나 그의 마음은 한없이 어두우리라. 그러나 유정 (兪政)아! 너무 슬퍼 마라. 너에게는 따로 할 일이 있느니라.

이런 지비(紙碑)가 붙어 있는 책상 앞이 유정에게 있어서는 생사의 기로다. 이 칼날같이 선 한 지점에 그는 앉지도 서지도 못하면서 오직 내가 오기를 기다렸다고 울고 있다.

"각혈이 여전하십니까?"

"네— 그저 그날이 그날 같습니다."

"치질이 여전하십니까?"

"네— 그저 그날이 그날 같습니다."

안개 속을 헤매던 내가 불현듯이 나를 위하여는 마코—두 갑, 그를 위하여는 배 십 전 어치를, 사가지고 여기 유정을 찾은 것이다. 그러나 그의 유령 같은 풍모를 도회(韜晦)하기 위하여 장식된 무성한 화병에서까지 석탄산 내음새가 나는 것을 지각하였을 때는 나는 내가 무엇 하러 여기 왔나를 추억해볼 기력조차도 없어진 뒤였다.

"신념을 빼앗긴 것은 건강이 없어진 것처럼 죽음의 꼬임을 받기 마치 쉬운 경우더군요."

"이상 형! 형은 오늘이야 그것을 빼앗기셨습니까! 인제—겨우—오늘이야—겨우—인제."

유정! 유정만 싫다지 않으면 나는 오늘 밤으로 치러버리고 말 작정이었다. 한 개 요물에게 부상해서 죽는 것이 아니라 이십칠 세를 일기로 하는 불우의 천재가 되기 위하여 죽는 것이다.

유정과 이상—이 신성불가침의 찬란한 정사(情死)—이 너무나 엄청난 거짓을 어떻게 다 주체를 할 작정인지.

"그렇지만 나는 임종할 때 유언까지도 거짓말을 해줄 결심입니다."

"이것 좀 보십시오."

하고 풀어헤치는 유정의 젖가슴은 초롱(草籠)보다도 앙상하다. 그 앙상한 가슴이 부풀었다 구겼다 하면서 단말마의 호흡이 서글프다.

"명일의 희망이 이글이글 끓습니다."

유정은 운다. 울 수 있는 외의 그는 온갖 표정을 다 망각하여 버렸기 때문이다.

"유형! 저는 내일 아침차로 동경 가겠습니다."

"……"

"또 뵈옵기 어려울걸요."

"……"

그를 찾은 것을 몇 번이고 후회하면서 나는 유정을 하직하였다. 거리는 늦었다. 방에서는 연이가 나 대신 내 밥상을 지키고 앉아서 아직도 수없이 지니고 있는 비밀을 만지작만지작하고 있었다. 내 손은 연이 뺨을 때리지는 않고 내일 아침을 위하여 짐을 꾸렸다.

"연이! 연이는 야옹의 천재요. 나는 오늘 불우의 천재라는 것이 되려다가 그나마도 못 되고 도로 돌아왔소. 이렇게 이렇게! 응?"

8

나는 버티다 못해 조그만 종잇조각에다 이렇게 적어 그놈에게 주었다.

"자네도 야웅의 천재인가? 암만해도 천재인가 싶으이. 나는 졌네. 이렇게 내가 먼저 지껄였다는 것부터가 패배를 의미하지."

일고 휘장(一高徽章)이다. HANDSOME BOY—해협 오전 이시(二時)의 망토를 두르고 내 곁에 가 버티고 앉아서 동(動)치 않기를 한 시간(以上)?

나는 그동안 풍선처럼 잠자코 있었다. 온갖 재주를 다 피워서 이 미목수려(眉目秀麗)한 천재로 하여금 먼저 입을 열도록 갈팡질팡했건만 급기야 나는 졌다. 지고 말았다.

"당신의 텁석부리는 말을 연상시키는구려. 그러면 말아! 다락 같은 말아! 귀하는 점잖기도 하다마는 또 귀하는 왜 그리 슬퍼 보이오? 네? (이놈은 무례한 놈이다)"

"슬퍼? 응— 슬플 밖에—20세기를 생활하는데 19세기의 도덕성밖에는 없으니 나는 영원한 절름발이로다. 슬퍼야지—만일

슬프지 않다면—나는 억지로라도 슬퍼해야지—슬픈 포즈라도 해보여야지—왜 안 죽느냐고? 헤헹! 내게는 남에게 자살을 권유하는 버릇밖에 없다. 나는 안 죽지. 이따가 죽을 것만 같이 그렇게 중속(衆俗)을 속여주기만 하는 거야. 아— 그러나 인제는 다 틀렸다. 봐라. 내 팔. 피골이 상접. 아야 아야. 웃어야 할 터인데 근육이 없다. 울려야 근육이 없다. 나는 형해(形骸)다. 나—라는 정체는 누가 잉크 짓는 약으로 지워버렸다. 나는 오직 내—흔적일 따름이다.”

NOVA의 웨이트리스 나미코는 아부라에(유화)라는 재주를 가진 노라의 따님 코론타이의 누이동생이시다. 미술가 나미코 씨와 극작가 Y군은 사차원 세계의 테마를 불란서 말로 회화한다.

불란서 말의 리듬은 C양의 언더 더 워치 강의처럼 애매하다.

나는 하도 답답해서 그만 울어 버리기로 했다. 눈물이 좔좔 쏟아진다. 나미코가 나를 달랜다.

“너는 뭐냐? 나미코? 너는 엊저녁에 어떤 마치아이(요릿집)에서 방석을 베고 십구 분 동안—아니 아니 어떤 빌딩에서 아까 너는 걸상에 포개 앉았었느냐. 말해라— 헤헤— 음벽정? N빌딩 바른편에서부터 둘째 S의 사무실? (아— 이 주책없는 이상아

동경에는 그런 것은 없습네) 계집의 얼굴이란 다마네기다. 암만 벗기어 보려무나. 마지막에 아주 없어질지언정 정체는 안 내놓느니.”

신주쿠의 오전 일시―나는 연애보다도 우선 담배를 피우고 싶었다.

9

십이 월 이십삼 일 아침 나는 진보초 누옥(陋屋) 속에서 공복으로 하여 발열하였다. 발열로 하여 기침하면서 두 벌 편지는 받았다.

“저를 진정으로 사랑하시거든 오늘로라도 돌아와 주십시오. 밤에도 자지 않고 저는 형을 기다리고 있습니다. 유정.”

“이 편지 받는 대로 곧 돌아오세요. 서울에서는 따뜻한 방과 당신의 사랑하는 연이가 기다리고 있습니다. 연서(書).”

이날 저녁에 부질없는 향수를 꾸짖는 것처럼 C양은 나에게 백국(白菊) 한 송이를 주었느니라. 그러나, 오전 일시 신주쿠역

폼에서 비칠거리는 이상의 옷깃에 백국은 간데없다. 어느 장화가 짓밟았을까. 그러나—검정 외투에 조화를 단, 댄서—한 사람. 나는 이국종 강아지 올시다. 그러면 당신께서는 또 무슨 방석과 걸상의 비밀을 그 농화장(濃化粧) 그늘에 지니고 계시나이까?

사람이—비밀 하나도 없다는 것이 참 재산 없는 것보다도 더 가난하외다그려! 나를 좀 보시지요?

1930년대의 모더니스트,
아방가르드의 선구자

이상(본명 김해경)은 일제강점기 조선 문단에 혜성처럼 등장하여 짧지만 강렬한 족적을 남긴 시인이자 소설가, 수필가이다. 그는 1930년대라는 암흑기 속에서도 한국 근대 문학을 국제적이고 선진적인 수준으로 끌어올린 '모더니즘'과 '초현실주의'의 대표 주자로 평가받는다. 식민지 지식인의 내면적 고뇌와 자의식을 난해한 숫자와 기하학적 언어, 그리고 파격적인 형식으로 표현하며 인간 사회의 도구적 합리성을 거부하고 미적 자율성을 추구했다. 건축가이자 화가, 그리고 작가였던 그의 삶은 '박제가 되어버린 천재'의 비극 그 자체였다.

1. 성장기: 고독과 천재성의 발아

1) 불안한 가정 환경과 입양

1910년 음력 8월, 이상은 서울 사직동에서 이발업에 종사하던 아버지 김연창과 어머니 박세창 사이에서 2남 1녀 중 장남으로 태어났다. 그의 유년기는 평탄하지 않았다. 태어난 지 3년 만인 1913년, 자식이 없었던 백부 김연필의 양자로 입양되면서 친부모와 생이별을 하게 된다. 백부 김연필은 몰락한 양반이었지만 조카의 천재성을 알아보고 유교와 한문을 교육하며 집안을 일으킬 재목으로 키우려 했다. 백부는 어린 조카에게 따뜻한 애정을 주는 대신 엄격한 훈육만으로 양육했고, 이는 이상의 내면에 깊은 고독과 염세적인 성향을 심어주는 계기가 되었다. 여동생 김옥희의 증언에 따르면, 이상 특유의 우울과 냉소는 이 시기에 형성된 것으로 보인다.

2) 미술에 대한 재능과 건축학도로서의 길

이상은 어린 시절부터 미술에 천부적인 재능을 보였다. 자 없이도 반듯한 직선을 긋고, 목단 열 끗을 똑같이 그려내어 어른들을 놀라게 했다. 그는 화가를 꿈꾸었으나, '가난한 환쟁이보다는 배곯지 않는 기술자가 되라'는 백부의 강한 반대에 부딪혀 꿈을 접어야 했다. 결국 그는 보성고등보통학교를 거쳐 1927년 경성고등공업학교(현 서울대학교 공과대학의 전신) 건축과에 입학했다.

비록 타의에 의한 선택이었지만, 그의 천재성은 그곳에서도 빛을 발했다. 1929년 건축과를 수석으로 졸업한 그는 졸업 앨범 〈추억의 가지가지〉 편집을 주도하며 뛰어난 미적 감각을 드러냈고, 곧바로 조선총독부 내무국 건축과 기사로 채용되어 안정적인 엘리트의 길을 걷는 듯했다.

3) 필명 '이상'의 유래

그의 본명인 '김해경' 대신 '이상(李箱)'이라는 필명을 쓰게 된 유래에는 여러 설이 있다. 가장 유력한 것은 경성고등공업학교 입학 당시 친구 구본웅으로부터 오얏나무(李)로 만든 화구 상자(箱)를 선물 받고 감동하여 지었다는 설이다. 또 다른 설로는 조선총독부 건축 현장에서 인부들이 김씨인 그를 "이씨(李氏), 상(さん)"이라 잘못 부른 데서 착안했다는 이야기도 전해진다. 어떤 유래이든, '상자(箱)'라는 글자가 주는 폐쇄성과 갇혀 있는 이미지는 훗날 그의 작품 세계를 관통하는 중요한 메타포가 되었다.

2. 데뷔와 활동: 파격과 도발의 연속

1) 문단 데뷔와 폐결핵 발병

1930년, 건축 기사로 일하던 그는 조선총독부 기관지 《조선》에 장편 소설 『12월 12일』을 연재하며 문단에 데뷔했다. 초기에는 '이상' 외에도 '비구', '보산' 등의 필명을 사용했다. 그러나 천재에게 시련은 너무나 빨리 찾아왔다. 하루에 담배를 50개비 이상 피우는 극심한 골초였던 그는 1931년, 21세의 젊은 나이에 '폐결핵'을 진단받는다. 이는 곧 사형 선고나 마찬가지였다. 담당 의사가 "폐의 형체조차 보이지 않는다"고 혀를 내두를 정도로 병세가 심각했다.

2) 요양과 '제비' 다방 시절

1933년, 각혈이 시작되자 그는 더 이상 건축 기사 일을 할 수 없어 조선총독부를 퇴사하고 황해도 배천 온천으로 요양을 떠났다. 그곳에서 기생 '금홍'을 만나 사랑에 빠진 그는 서울로 돌아와 종로 1가에 다방 '제비'를 개업하고 금홍을 마담으로 앉혀 동거를 시작했다.
'제비'는 당대 문인들의 아지트가 되었다. 박태원, 이태준, 김기림, 정지용 등 '구인회(九人會)' 멤버들과 교류하며 본격적인 문학 활동을 펼쳤다. 정지용의 주선으로 시 「꽃나무」, 「이런 시」 등을 발표했고, 1934년에는 구인회에 정식으로 가입하며 모더니즘 문학의 중심에 섰다.

3) 「오감도」 연재와 독자들의 반발

1934년, 이태준의 도움으로 조선중앙일보에 시 「오감도(烏瞰圖)」를 연재하기 시작했다. 그러나 "제1의 아해", "제2의 아해"가 질주하는 이 난해하고 기괴한 시는 당시 독자들에게 충격과 공포를 안겨주었다. "이게 무슨 시냐", "미치광이의 헛소리다"라는 독자들의 빗발치는 항의로 인해 당초 30회 예정이었던 연재는 15회 만에 중단되는 초유의 사태를 맞았다. 이는 한국 문학사에서 전무후무한 스캔들이었으며, 이상의 파격적인 예술혼을 상징하는 사건이 되었다.

4) 잇따른 사업 실패와 결혼

문학적 성취와 달리 그의 현실은 비참했다. 다방 '제비'는 경영난으로 1935년
문을 닫았고, 금홍과의 관계도 파탄이 났다. 이후 인사동에 카페 '쓰루', 종로에
다방 '69', 명동에 다방 '무기' 등을 잇달아 개업했으나 모두 실패로 돌아갔다.
경제적 궁핍 속에서도 창작열은 식지 않았다. 1936년, 구본웅의 부친이 운영하
던 출판사 '창문사'에 잠시 몸담았던 그는, 그해 6월 수필가 변동림(훗날 김향
안)과 결혼하여 새로운 삶을 꿈꾸었다. 이때 발표한 소설 「날개」와 「지주회시」
는 자의식의 분열과 식민지 지식인의 무기력함을 탁월하게 묘사하여 평단의 찬
사를 받았다. 특히 「날개」의 첫 문장 "박제가 되어버린 천재를 아시오?"는 그의
삶을 집약하는 명문장으로 남았다.

3. 도쿄행과 비극적인 최후

1) 환멸의 도시, 도쿄

죽음의 그림자가 짙어지자, 이상은 새로운 돌파구를 찾아 1936년 9월 일본 도
쿄로 떠났다. 그러나 그토록 동경했던 근대의 도시 도쿄는 그에게 깊은 실망감
만을 안겨주었다. 수필 「동경」과 김기림에게 보낸 편지에서 그는 도쿄를 "가솔
린 냄새가 진동하는 비속한 도시", "속 빈 강정"이라며 혹평했다. 서구 문명을
흉내 내기에 급급한 일본의 모습에서 허무와 환멸을 느낀 것이다.

2) 불령선인 체포와 죽음

건강 악화와 고독, 경제적 빈곤 속에서 그는 1937년 4월 서울로 돌아갈 계획
을 세웠다. 그러나 귀국을 앞둔 1937년 2월, 도쿄 니시칸다 경찰서에 '불령선
인(不逞鮮人: 불온한 조선인)' 혐의로 체포되고 만다. 뚜렷한 항일 운동을 한
증거는 없었으나, 꾀죄죄한 행색과 수염, 산발한 머리를 한 채 공원을 배회하는

모습이 일본 경찰의 눈에 수상하게 비쳤기 때문이다.

차가운 유치장에서 그의 병세는 급격히 악화되었다. 투옥 34일 만에 병보석으로 풀려나 도쿄제국대학 부속 병원으로 이송되었으나 이미 돌이킬 수 없는 상태였다. 뒤늦게 소식을 듣고 달려온 아내 변동림에게 그는 "센비키야(千匹屋)의 멜론이 먹고 싶다"라는 마지막 말을 남겼다. 변동림이 멜론을 사 왔을 때, 그는 향기만을 맡은 채 끝내 맛보지 못하고 눈을 감았다. 1937년 4월 17일 새벽 4시, 향년 27세의 천재는 그렇게 이국땅에서 쓸쓸히 생을 마감했다.

4. 사후와 평가

이상의 유해는 화장되어 경성으로 돌아왔다. 아이러니하게도 그가 죽기 불과 19일 전, 그의 문학적 동지이자 절친이었던 소설가 김유정이 폐결핵으로 먼저 세상을 떠났다. 한국 문학사는 채 한 달도 안 되는 기간에 가장 빛나는 두 개의 별을 동시에 잃었다. 두 사람의 합동 영결식이 치러졌고, 이상의 유해는 미아리 공동묘지에 안장되었다가 훗날 유실되었다.

이상의 생전에는 난해함과 기행으로 작품의 진가가 이해받지 못했으나, 사후 그의 작품들은 한국 문학의 모더니즘을 개척한 선구적인 업적으로 재평가되었다. 기존의 문법과 띄어쓰기를 무시하고, 건축적 도해와 숫자를 시에 도입하는 등 그가 보여준 파격적인 실험 정신은 오늘날까지도 수많은 예술가에게 영감을 주고 있다. 그는 암울했던 식민지 시대를 살면서도 결코 현실과 타협하지 않고, 온몸으로 '현대'를 부딪쳐 살아낸 진정한 '아방가르드 예술가'였다.

이상의 문학 세계

한국 문학사상
가장 낯설고 위대한 천재

이상은 한국 문학사에서 '전무후무한 천재'라는 수식어가 가장 잘 어울리는 작가이다. 1930년대라는 식민지 암흑기 속에서도, 그는 문학의 전통적인 관습과 윤리를 전복시키며 가장 현대적이고 실험적인 작품 세계를 구축했다. 시, 소설, 수필을 아우르는 그의 작품들은 '모더니즘'과 '초현실주의(Surrealism)', '다다이즘(Dadaism)'을 한국 문학에 이식하며, 인간 내면의 불안과 현대 문명의 비극을 독창적인 언어로 포착해냈다.

1. 문학적 배경과 사상적 기반: '낯설게 하기' 전략

이상의 문학은 '부정과 해체'에서 출발한다. 그는 당시 주류 문학이었던 민족주의 문학이나 카프(KAPF) 계열의 경향파 문학이 가진 목적성(계몽, 이념 선전 등)을 거부했다. 대신 그는 '언어 자체의 미적 자율성'을 탐구하며 문학을 도구화하는 것에 반대했다. 그의 작품은 이해하기 힘든 난해함을 특징으로 하는데, 이는 독자에게 불친절한 태도가 아니라, 익숙한 세계를 낯설게 함으로써 본질을 꿰뚫어 보게 하는 '전위적(Avant-garde)' 전략이었다.

건축학도였던 그의 이력은 작품 세계에 지대한 영향을 미쳤다. 그는 언어를 단순한 의미 전달 수단이 아닌, 건축적 구조물이나 도형처럼 취급했다. 시각적인 기호, 숫자, 기하학적 배치를 통해 텍스트 자체를 하나의 조형 예술로 만들었으며, 이는 한국 문학에 '시각시(Visual Poetry)'의 가능성을 열어준 시도로 평가받는다.

2. 시:「오감도」의 파격과 언어 실험

이상의 시는 기존 서정시의 문법을 완전히 파괴한다. 1934년 조선중앙일보에 연재된「오감도」는 그의 시 세계를 상징하는 문제작이다.

1) 제목의 의미와 불안의 형상화

제목 '오감도'는 높은 곳에서 아래를 내려다본다는 뜻의 '조감도(鳥瞰圖)'에서 '새 조(鳥)' 자를 '까마귀 오(烏)' 자로 바꾼 조어(造語)이다. 이는 미래를 설계하는 희망적인 조감도가 아니라, 불길한 까마귀가 내려다보는 죽음과 절망의 투시도를 의미한다.

2) 반복과 변주, 그리고 공포

"13인의 아해(兒孩)가 도로로 질주하오"라는 문장으로 시작하는「오감도 시 제1호」는 '무서운 아해'와 '무서워하는 아해'가 막다른 골목을 향해 질주하는 상황을 그린다.

13인의 의미는 하나로 특정되지 않는다. 최후의 만찬에 참석한 13인을 상징한다는 설, 당시 조선의 13도를 의미한다는 설, 혹은 불길한 숫자의 대명사라는 설 등 다양한 해석이 존재한다.

끊임없이 질주하지만 막다른 골목에 갇힌 상황은 식민지 지식인의 탈출구 없는 불안과 근대 문명의 위기감을 공포영화처럼 형상화한 것이다.

3) 형식의 파괴: 띄어쓰기 무시와 기호의 사용

 그는 시에서 띄어쓰기를 의도적으로 무시하거나, 난해한 숫자와 수식, 기하학적 도형(선, 점, 삼각형 등)을 도입했다. 「운동」, 「건축무한육면각체」 등의 시에서 그는 언어의 의미보다 시각적 이미지를 강조하며, 논리적 서사를 거부하고 무의식의 세계를 드러내려 했다. 이는 다다이즘적 자동 기술법이나 초현실주의적 기법을 한국어의 특성에 맞춰 실험한 것으로, 한국 문학이 서구의 최전선 문예 사조와 어깨를 나란히 했음을 보여주는 증거이다.

3. 소설: 자의식의 분열과 '박제된 천재'의 독백

시가 형식적인 파괴에 집중했다면, 소설은 내면 심리의 해부에 주력했다. 그의 소설 속 주인공들은 대부분 무기력하고 병들어 있으며, 사회와 단절된 채 방 안에 유폐된 지식인들이다.

1) 대표작 「날개」

식민지 지식인의 자화상 단편 소설 「날개」(1936)는 한국 현대 소설 최고의 문제작 중 하나이다.

줄거리 매춘을 하는 아내에게 기생하여 살아가는 무능력한 '나'의 이야기이다. 아내는 '나'를 방 안에 가두고 사육하며, '나'는 아내가 주는 수면제(아스피린과 아달린)에 취해 몽롱한 상태로 지낸다.

해석 주인공 '나'는 식민지 현실에서 아무런 행동도 할 수 없었던 거세된 지식인을 상징한다. 아내의 방과 나의 방으로 분리된 공간 구조는 자아의 분열을 보여준다. 그러나 소설 마지막에 미쓰코시 백화점 옥상에서 "날개야 다시 돋아라. 날자. 날자. 한 번만 더 날자꾸나."라고 외치는 장면은, 무기력을 딛고 자아를 회복하려는 처절한 비상(飛翔)의 의지를 보여준다. 첫 문장 "박제가 되어버린 천재를 아시오?"는 이 모든 상황을 압축하는 명문장이다.

2) 「봉별기」, 「지주회시」, 「종생기」

그의 소설들은 대부분 자전적 요소가 강하다. 「봉별기」는 금홍과의 만남과 이별을 다루며, 폐결핵 환자로서 느끼는 죽음의 공포와 에로티시즘이 결합되어 있다. 「지주회시」에서는 자본주의 사회의 모순을 거미줄에 걸린 나비에 비유하며 비판적 시각을 드러낸다. 「종생기」는 자신의 죽음을 예감한 작가가 죽음을 희화화하며 쓴 '가짜 유서' 형식의 소설로, 끝까지 문학적 위트와 아이러니를 잃지 않는 면모를 보여준다.

4. 수필: 권태와 일상의 철학적 사유

이상의 수필은 소설이나 시에 비해 비교적 이해하기 쉬운 언어로 쓰였지만, 그 속에 담긴 사유의 깊이는 결코 얕지 않다.

1) 「권태」

현대인의 존재론적 비극 수필 「권태」는 평안도 성천에서 요양하며 쓴 작품으로, 아무것도 할 일 없는 시골 생활의 지루함을 극한까지 묘사한다.
"어서 차라리 어둠이 오기나 해라"라고 빌며, 똥 누는 개나 씹는 소를 관찰하는 화자의 모습은 우스꽝스러우면서도 비극적이다.
여기서의 '권태'는 단순한 심심함이 아니다. 자연과 동화되지 못한 채 끊임없이 의미를 찾아야만 하는 근대적 자아의 불행이자, 식민지 현실에서 아무런 생산적 활동을 할 수 없는 지식인의 존재론적 고통이다.

2)「산촌여정」,「조춘점묘」,「산촌여정」

도시 문명에 익숙한 자신이 시골의 자연 속에서 느끼는 이질감과 향수를 감각적으로 묘사했다.「조춘점묘」에서는 거대한 빌딩 숲과 자본주의 시스템 속에서 부속품처럼 살아가는 현대인의 소외를 날카롭게 비판했다. 그의 수필은 일상의 사소한 풍경에서 출발하여 현대 문명과 인간 존재에 대한 철학적 성찰로 나아가는 특징을 보인다.

5. 결론: 100년을 앞서간 모더니즘의 화신

이상의 문학 세계는 당대에는 "미치광이의 헛소리" 혹은 "퇴폐적인 장난"으로 폄하되기도 했다. 김기림은 그를 두고 "악덕의 시인, 데카당의 작가"라고 불렀지만, 동시에 "추한 현실을 넘어 인간성의 절대 경지를 추구한 청교도적 작가"라고 옹호했다. 오늘날 이상은 한국 문학의 현대성을 개척한 선구자로 확고히 자리 잡았다.

언어의 혁신 한국어의 표현 영역을 무의식과 추상의 세계로 확장했다.

형식의 파괴 장르의 경계를 허물고 시각적, 건축적 요소를 문학에 도입했다.

내면의 탐구 식민지라는 특수한 상황을 넘어, 근대인이라면 누구나 겪는 불안과 소외, 자의식의 분열을 보편적인 문학 주제로 승화시켰다.

그가 세상을 떠난 지 90년 가까이 흘렀지만, 그의 작품들은 여전히 낯설고 새롭다. "100년 뒤에도 사람들은 내 글을 읽고 이해하지 못할 것"이라던 그의 예언처럼, 이상은 영원히 해석되지 않는 수수께끼이자, 한국 문학이 보유한 가장 빛나는 '모던 보이'로 남아 있다.

한국 문학 필사 01

이상을 쓰다

초판 1쇄   2026년 1월 27일

지은이   이상

발행인   유철상
편집   성도연
디자인   노세희, 주인지
마케팅   조종삼

펴낸곳   블랙에디션
출판등록   2009년 9월 22일(제305-2010-02호)
주소   서울특별시 동대문구 왕산로28길 37, 2층
전화   02-963-9891(편집), 070-8854-9915(마케팅)
팩스   02-963-9892
전자우편   sangsang9892@gmail.com
홈페이지   www.esangsang.co.kr
블로그   blog.naver.com/sangsang_pub
인쇄   다라니
종이   ㈜월드페이퍼

ISBN 979-11-6782-229-1 (04810)
ISBN 979-11-6782-228-4 (세트)